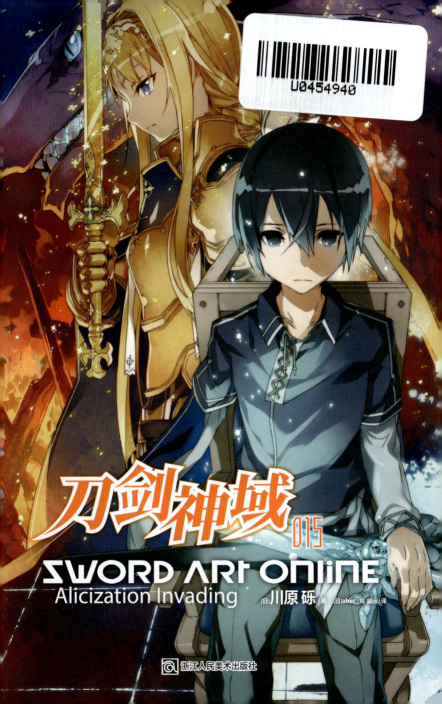

"……"

桐人 § 闯入"虚拟世界"Under World的少年。为了离开这个世界，他到达了"中央大圣堂"的最顶层，却因为和最高祭司"阿多米尼斯多雷特"的激战而陷入了精神丧失状态。

"这就是你所守护的世界啊，桐人。"

爱丽丝·
辛赛西斯·萨蒂 §

原本是服从于"阿多米尼斯多雷特"的整合骑士，但是在与桐人相遇之后，她打破了右眼的封印，觉醒成真性人工智能"爱丽丝"。

利鲁匹林 § 兽人族族长

伊斯卡恩 § 拳斗士公会第十代首席

蒂·爱·艾鲁 § 暗黑术师公会总长

夏斯塔 § 暗黑骑士团团长

席格罗席格 § 巨人族族长

菲·扎 § 刺客公会头领

"抬起头，报上名来。
——从最右边的那个开始。"

皇帝贝库达 § 美国佣兵公司的最高作战负责人（CTO），利用超级账号"暗神贝库达"登录到"Under World"里的暗黑帝国一方，对人类首次创造出的真性人工智能"爱丽丝"展开了夺取作战。

"叔叔，久疏问候，还望见谅。"

"好久不见了呢，爱丽丝。"

**法那提欧·
辛赛西斯·图** § 整合骑士团副团长，爱丽丝的前辈，
两人不大合得来。
使用的武器是操纵光素的神器"天穿剑"。

"哟，小姑娘。
你比我想象中更有精神嘛，这样我就放心了。"

贝尔库利·
辛赛西斯·万 　§ 整合骑士团团长。
爱丽丝的师父，世界上最古老也是最强大的剑士。
使用的武器是能斩断未来的神器"时穿剑"。

"爱丽丝老师！我一直相信你会来的！"

艾尔多利耶·
辛赛西斯·萨蒂万 　§ 爱丽丝的弟子，资历最浅的整合骑士。
使用的武器是鞭头能够无尽分裂开来的
神器"霜鳞鞭"。

"Under World" 全图

平地哥布林的栖息地

北之洞窟

山地哥布林的栖息地

兽人的栖息地

卢利特村

黑暗人族的栖息地

东之大门

黑曜石城堡

"人界"

中央大圣堂

"暗黑帝国"

巨人族的栖息地

食人魔的栖息地

世界尽头祭坛

插画·来栖达也

"RATH"的LOGO

这便是黑暗大地"暗黑帝国"将"人界"整个包围而构成的"Under World"。

其全景的形状与为了伪装"Alicization计划"而建立的民间企业"RATH"的LOGO很相似。

LOGO的元素是一大一小的齿轮以及传动带，同时构成了类似猪鼻子的形状。将它和Under World的地图重合起来，暗喻着黑曜石城堡化为动力齿轮，驱动着化为磨盘的人界。

"这虽然是游戏，
但可不是闹着玩的。"

——"SAO 刀剑神域"设计者·茅场晶彦

SWORD ART ONLINE
Alicization Invading

REKI KAWAHARA

abec

bee-pee

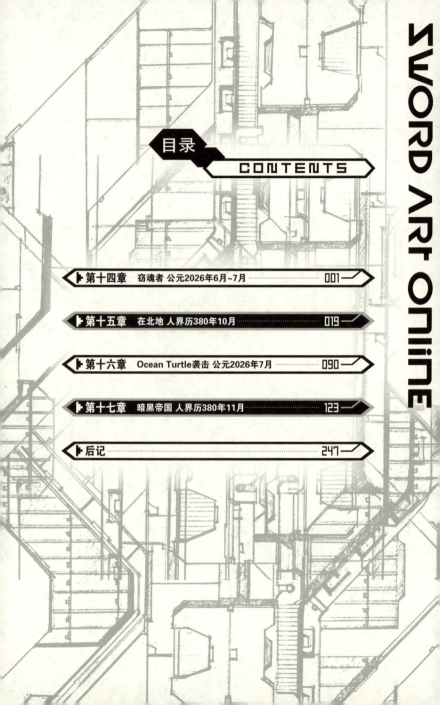

目录

CONTENTS

SWORD ART ONLINE

第十四章　窃魂者 ^{Satorizer} 公元2026年6月 ～ 7月

那是一个水蓝色头发的狙击手。

那纤细的身躯犹如少女，却和巨大的50口径狙击枪莫名地相称。

此时她正背对这边保持着卧式射击的姿势，因此看不到脸，但想来她一定有着如山猫一般凛然与美丽的容貌。

她的右眼贴在瞄准镜上，食指则停留在扳机上，一动不动地瞄准着下方的道路，精神能够如此集中，实在值得赞扬。本来还想在她的背后再欣赏一下的，但时间已经所剩不多了。

我离开藏身之地，走在废弃大楼的地板上。慎重地回避着散落在脚旁的小石块与木片，以及金属的碎屑等细小物体，以完全无声的步伐向少女的背后逼近。

突然，少女的肩膀颤抖了一下。

可能是感觉到了并非声音或震动的某种东西吧。真是绝佳的直觉，遗憾的是，已经太迟了。

我伸出右手缠在那细嫩的脖子上，左手按住她的后脑勺。

然后以寂静又明确的意志绞紧。

"军队格斗术" ^{Army Combative} 技能开始发挥效果，少女的可视化生命——血条——开始急剧减少。狙击手拼命地挣扎着，但是在这个虚拟现实网游*Gun Gale Online*里，只要力量值 ^{STR} 不相差太大，就不可能赤手空拳地从已经发动的背后绞杀中逃脱。其实这一点在现实中也是一样。

在"Bullet of Bullets"大赛的二十九名参赛者中，我最渴望战斗……不，最渴望狩猎的就是这个水蓝色头发的狙击手，并且早就预测到她会在这个五层楼高的建筑上方进行狙击。

问题在于，四楼和五楼都能将地图的主干道纳入自己的射击范围。因此，我必须尽早选择要在哪一层进行埋伏。

按常理来说，应该选择能够更快进入狙击动作的四楼。但是看到四楼那个图书室时，直觉和理性都在对我低语。直觉告诉我，那个狙击手在现实世界里恐怕还是个年少的学生；而理性告诉我，如果是学生的话，可能不大愿意在能联想到实际生活的图书室进行狙击。

我猜对了。水蓝色头发的狙击者为了多上一层楼而多花了几十秒的时间，出现在五楼的仓库。

而此时，她就像闯入蜘蛛巢穴的蝴蝶一般，即将失去那虚幻而美丽的生命。

啊，如果这种缩减不是虚拟世界中的二进制数据，而是在夺取真正的生命与灵魂——

如果在我手中挣扎的，不是网游中的角色而是玩家的真正肉体——

那么，"这个瞬间"一定会无比地甜美吧。

狙击手那块显示在我视野右上方的血条已经掉到了百分之五以下，但是少女依然在拼命地挣扎着，试图挣脱绞杀。

尽管已经注定失败，但她没有发出徒劳的叫喊，却也不是放弃求生，只是在尽自己最大的努力。尽管是敌人，但是这样的心态让我觉得非常可爱。

我如同拥抱着恋人一般，张嘴在少女的耳旁低语：

Your soul will be so sweet.
——你的灵魂想必很甜美吧。

▶1

他缓缓睁开眼睛。

不知不觉就睡着了，看来是上周弄来的意大利沙发太柔软了。将身体沉在柔软的皮革中，看了一眼左手腕上的智能手表。

凌晨2点12分。

他站起身，一边轻轻地拉伸着脊背，一边向南侧的玻璃墙走去。那是一面由瞬间调光玻璃构成的墙壁，现在已经变成一片透明，能够从这个四十三楼的董事室看清港湾的夜景。

在高层建筑的灯光映照下，海港静静地闪烁着光芒。长长的栈桥上系着好几艘大型船。

那种直线型和充满压迫感的轮廓不是豪华客船该有的。它们是隶属美国海军太平洋舰队第三舰队的战斗舰。

加利福利亚州的第二大都市圣地亚哥，这是一个历史悠久的基地城市。里面居住着超过两万五千人的军队相关人员，经济都是以巨大的海军基地为中心运转。

但是在近年来，一个新的产业开始急速成长。那是包括了信息、通信以及生物科技在内的高科技产业。

也有一些企业同时持有军事与高科技这两种武器。以为军队与大企业进行警备与训练为主要业务，有时甚至还会前往战场直接参与战争，这就是所谓的民间军事公司^{PMC}。

"Glowgen Defense Systems"公司的总部建立在圣地亚哥市中心，此时它的最高作战负责人^{CTO}加百列·米勒俯视着港湾的夜景，不自觉地露出了微笑。

之前那短暂睡眠中做的梦，让他的心情微微变得有些昂扬。

梦的内容，是几天前他在这个董事室里进入完全潜行式游戏里参加的活动。

加百列很少做梦，但如果做了梦，有一个过去的场景必定会详尽地重现。双手上还残留着那水蓝色头发的狙击手拼命挣扎时留下的那种舒畅感，甚至让他以为那不是梦而是现实……

不，这么说也不对。那场战斗并非在现实，而是在虚拟世界里发生的。

完全潜行技术是一项伟大的发明。加百列对开发这个技术的茅场晶彦抱有极大的敬意。如果他还活着，肯定有人不惜花上几百万美元来挖他，哪怕他是一个世间罕见的超级罪犯——不，正因为他是这种人，才有被挖角的价值吧。

但是，AmuSphere带来的体验越是真实，加百列就越不满于它并非现实这一点，就像不管喝多少也无法止渴的盐水一样。

作为Glowgen DS最年轻的董事同时也是最大的股东，加百列过着完全不缺乏物质享受的生活。但是，加百列内心深处抱有的渴望，绝对不是金钱能够满足的。

Your soul will be so sweet
"你的灵魂想必很甜美吧……"

他再次说出了梦中说过的那句话。

其实当时他是想用已经学了三年的日语说出这句话。但对方在看到他血槽上附带的美国标记后，肯定会认定他是美国人，那么就必须避免狙击手对他留下不必要的强烈印象。肯定有机会与和她慢慢聊聊的。到时候还有很多事情要问她呢。

加百列收起不知何时起在嘴角浮现的微笑，触摸安装在窗户上的触摸传感器，将透明度调低。变回黑光镜面的窗户上映照出了他的样貌。

金发被梳成了一个蓬松的背头，眼睛是蓝色的，六英尺高^{185公分}的身体上穿着白色的西装衬衫和暗灰色的长裤。鞋子是科尔多瓦革的定制皮鞋。这样的形象可以说是一个典型到甚至会让人觉得尴尬的白人统治者阶层^{White Establishment}，但是在加百列看来，自己的外表只不过是一个记号。因为所谓的肉体，不过是包裹灵魂的外壳。灵魂^{Soul}。

几乎所有的宗教都引入了灵魂这个概念。基督教自然也有着"人类死后会根据生前所为被送往天国或者地狱"的说法。但是加百列之所以相信灵魂的存在，一直追寻灵魂，并不是因为他是新教徒或者天主教徒。

而是因为他曾经亲眼看到过——

在自己怀中渐渐死去的少女的额头上飘起了美到难以言喻的光芒集合体。

加百列·米勒，1998年3月出生于加利福利亚州洛杉矶近郊一个叫宝马山花园的小镇。

他是个独生子，在他成长的过程中，富裕的父母在精神与物质上都对他倾注了大量的关爱。他生活的房子很大，不缺乏游乐场所，但幼小的加百列最喜欢的地方是父亲的藏品保管库。

"Glowgen Defense Systems"的前身叫"Glowgen Securities"，加百列的父亲正是这家公司的老板。他的兴趣是收集昆虫标本，在他那庞大的保管库里摆放着无数的玻璃盒。加百列一有时间就躲在保管库里，单手拿着放大镜观察着颜色各异的虫子，或者坐在房间中央的沙发上，沉浸于幻想之中。

独自待在这个天花板很高、光线昏暗的房间，被几万只不会说话的昆虫包围着，让年幼的加百利产生了一种奇妙的感觉。

这些虫子到某个瞬间为止还是活着的。它们在非洲的草原、中东的沙漠、南美的密林中充满活力地筑巢和觅食。

但是在某一刻，它们被采集者捕捉，用药品进行处理，在进行过多次转手，最后来到米勒家，放在玻璃盒中整齐地排列在一起。也就是说，这个房间既是昆虫标本的收藏室，也是一个巨大的墓地，用来摆放数万具遭到杀戮的尸体。

加百列闭上眼睛，想象着周围的虫子们突然复活的场面。

六只脚拼命地在空中舞动，触角和翅膀颤抖着。无数个沙沙作响的微细声音重合起来，化为一道干燥的波浪袭向加百列。

沙沙，沙沙。

加百列猛地睁开双眼。他似乎看到面前那个箱子的角落里，一只绿色的甲虫正微微颤动着腿。但当他从沙发上跳起向箱子奔去，狂热地注视那只昆虫时，它又变回了没有生命的标本。

它有着如金属一般光亮的翡翠绿甲壳，长着尖刺的腿，浮现着细小网格的复眼。加百列开始思考，过去让这精致的物体活动起来的到底是什么样的力量呢？

父亲说过，昆虫没有人类那般的大脑。那么它们是用什么部位思考呢？他拿这个问题去问父亲，父亲给他看了一个视频。

视频里拍摄的，是正在交配的螳螂。粗壮的雌螳螂从背后按住瘦小的雄螳螂，将交接器结合在一起。雌螳螂有一段时间都没有动，但随后它没有任何先兆地用镰刀抓住雄螳螂的上半身，开始大口地咀嚼雄螳螂的头部。加百列惊讶地看着这一切，雄螳螂则继续进行交配，直到自己的头部被彻底吃光才分开交接器，然后挣开雌螳螂的镰刀，迅速地逃走。

即使彻底失去了头部，雄螳螂依然能够顺着草叶爬上树枝，灵巧地逃跑。而父亲则指着画面，对加百列进行着说明。

包括螳螂在内的一些昆虫，其全身的神经都像是大脑。所以即使失去了只是一种感觉器官的头部，也能再活一段时间。

看过那个视频后，加百列用了好几天时间来思考螳螂的灵魂到底在什么地方。如果头被吃了还能存活，那它失去所有的脚应该也不会有什么问题。是在肚子吗？还是在胸口呢？但是虫子们就算被压扁了柔软的腹部，被针贯穿了胸口，依然能够很有活力地挥腿。

既然失去了身体的任何部位都不会马上死亡，那么螳螂的灵魂应该是充斥在整个身体里吧——当时只有八九岁的加百列在家附近抓了昆虫做了许多实验后，得出了这样的结论。

不管破坏身体哪个部位，驱动昆虫这种半机械性构造的奇异力量，也就是所谓的灵魂，依然会试图留在容器里。但是在某个瞬间，它会明白自己已经不行了，从而放弃停留，舍弃容器试图离开。

好想亲眼看到离去的灵魂，可以的话，还想进行捕捉——加百列热烈地期望着。但是，不管他如何注视放大镜，如何慎重地进行实验，还是无法捕捉到从昆虫体内脱离的"某种东西"，甚至不曾看到过。不管他在屋后那片大森林深处的秘密实验室里花费多少时间和多大热情，依然无法实现他这小小的愿望。

年幼的加百列本能地明白，父母绝对不乐于看到他有着这样的愿望。所以自从螳螂的那件事后，他再也没向父亲问过同样的问题，也从不泄露实验的事情。但是他越是隐瞒，欲望就越是强烈。

当时，加百列有一个关系很好的同龄朋友。

那是一个叫艾丽西娅·克林格曼的女孩子，是一个住在他家隔壁那栋房子的企业家的独生女。理所当然地，他们上同一所小学，两家人也经常来往。她是一个内向而文静的少女，比起在外面玩得浑身脏兮兮，她更喜欢在家里看书或者看电视。

当然，加百列也没有向艾丽西娅提起自己的秘密实验，也没有谈到过虫子和灵魂的话题。

但是，他无法抑制自己的想法。在艾丽西娅坐在自己旁边，露出天使一般的微笑，专心地阅读着故事时，他经常偷偷地看着她的侧脸，想象着她的灵魂到底在哪里。

昆虫和人类不一样。人类失去了头就活不了。那么，人类的灵魂就是在头……也就是在大脑里了吧。

但是，加百列通过父亲的电脑在网络上搜索，知道了大脑的损伤不一定会导致丧失生命。曾经有一个工人被很粗的铁管从下巴直接贯穿到头顶却依然没有死，也有一些医生通过切除患者的部分大脑来治疗精神疾病。

所以，应该是在大脑的某个部位。看着艾丽西娅那被如羊毛一般的金发包裹着的额头，加百列思考着。在那细嫩的肌肤，坚硬的头盖骨，以及柔软的脑组织下一个很深很深的地方，隐藏着艾丽西娅的灵魂。

我一定会和艾丽西娅结婚吧——加百列描绘着自己那稚嫩的未来蓝图。这样的话，也许在将来的某一天，他能够亲眼看到艾丽西娅的灵魂。如天使一般美丽的艾丽西娅，灵魂也一定是难以形容的美丽。

加百列的这个愿望，在一个比他想象中要早了许多的时间点实现了一半。

2008年9月，大型投资银行的崩溃，成为了世界金融危机的导火索。经济不景气的浪潮将位于洛杉矶郊外的宝马山花园也吞噬了。好几所豪宅被卖掉，跑在道路上的高级轿车也明显减少了许多。

幸好"Glowgen Securities"的经营很扎实，将影响控制在了最低限度，但是隔壁的克林格曼先生经营的房地产投资公司就背上了许多债务。翌年4月，失去了包括房屋在内的所有资产的克林格曼一家，在经营农场的亲戚的帮助下，准备搬往位于遥远的中西部的堪萨斯城。

加百列很悲伤。作为一个十岁的孩子来说，他相当聪明，知道十岁的自己是不可能帮到艾丽西娅，也很明确地想象到今后等待着艾丽西娅的将会是多么悲惨的遭遇。

被完善的安保系统保护的宅邸，由厨艺精湛的厨师每天烹饪的食物，全部由富裕家庭的白人孩子组成的学校，这些特权都永远地离开了艾丽西娅的人生，取代它们的则是贫困与劳动。更重要的是，艾丽西娅那原本将属于他的灵魂，最终会被某个不知名的人伤害而失去光辉，这让加百列无法忍受。

所以加百列永远留下了她。

在艾丽西娅去学校和大家做最后道别的那一天，加百列将乘坐校车回来的她带到了自家后面的森林里。他巧妙地避开了道路和安装在住宅院子围墙上的所有监视摄像头，在注意不被任何人发现的同时进入森林，踩着落叶不留下脚印，将艾丽西娅带到了那个被茂密的灌木包围起来的"秘密实验室"。

艾丽西娅并不知道过去曾有无数虫子在这里死去，在加百列抱住了她纤细的身体后，她也马上回以拥抱。艾丽西娅轻轻地抽泣着，说自己哪里都不想去，想和加布（注：加百列的昵称）一起在这里永远生活下去。

我会实现你的愿望的——加百列在心中默念着，将右手伸进上衣的口袋里，拿出了事先准备好的道具——那是父亲处理昆虫时使用的工具。

加百列将那个工具轻轻探入艾丽西娅的左耳，然后用左手按住她的右耳。艾丽西娅似乎不明白发生了什么，她讶异地眨了眨眼睛，突然猛烈地抽搐起来。几秒钟后，她那双瞪大的蓝眼睛迅速失去了焦点，随后——

加百列看到了那个东西。

一个闪烁着光芒，如同云朵一样的东西出现在艾丽西娅那白嫩额头的中央。然后它摇摇晃晃地飞起，向加百列的眉间靠近，之后毫无阻碍地钻进了他的头里。

来自于春天的下午，充斥在加百利四周的温暖阳光突然消失了。在加百列的头顶上，几道白光透过高高的枝叶落下，仿佛还有轻微的钟声传来。

难以言喻的亢奋让加百列的双眼流下了泪水。他刚才看到了艾丽西娅的灵魂……不仅如此，加百列甚至觉得自己看到了艾丽西娅的灵魂所看到的东西。

发光的小小云朵经过了犹如永恒的几秒钟后，穿过加百列的头颅，然后仿佛被头顶的光芒指引着似的不断上升，最终消失无踪。加百列的周围又恢复了春天的阳光与小鸟的啼鸣。

加百列双手抱着已经失去了生命和灵魂的艾丽西娅，开始思考刚才的体验究竟是真实的，还是因为极度的兴奋而产生的幻觉。最后他决定，不管答案如何，他都要终生追寻刚才所看到的一切。

艾丽西娅的遗体被加百列放进预先找好的、位于一棵巨大橡树根部的深坑之中。他仔细地检查了自己的身体，将黏在身上的两根长长的金发拿下后，也丢进了洞里。工具则是在洗干净后放回了父亲的道具箱。

艾丽西娅·克林格曼失踪事件在经过当地警察的拼命搜查之后，依然没有发现半点线索，最终成为了悬案。

二十八岁的加百列·米勒从短暂而深沉的回忆中醒来。他将视线从自己映照在玻璃中的身影上移开，走向摆在西侧墙边的办公桌。刚坐到挪威制的躺椅上，安装在玻璃桌面中的三十英寸显示面板上就亮起了电话图标。

他点了一下图标，显示出了女秘书的脸，声音也同时传出：

"很抱歉，米勒先生，打扰您休息了。最高执行负责人弗格森先生想在明天与您共进晚餐。请问您意下如何？"

"就说我行程满了。"

加百列回答得很快，总是保持着一张冷脸的秘书也露出了显得有些为难的表情。毕竟COO就是副总裁，Glowgen DS的二把手。作为十个董事其中之一，加百列原本是没资格拒绝他的邀请的——但加百列可不是普通的董事。

秘书的困惑表情仅持续了一秒，平静的声音就再次传来：

"我明白了，我会按您的吩咐去转告。"

通话结束后，加百列将身体用力倒在躺椅上，翘起了双腿。

他能猜到弗格森想来谈些什么。八成就是要阻止他去参加预定要进行的某次"作战"。

但是，COO的真实想法是相反的。那个老狐狸肯定是巴不得他不知死活地跑去危险的现场，然后名字被列上阵亡名单吧。毕竟加百列可是上一代老板的儿子，也是公司的大股东。

加百列自己也很清楚，大企业的董事亲自参加实弹满天飞的战斗是件很愚蠢的事情。就算他有从军的经验，CTO的工作应该是待在安全的总部办公室里建立整体的作战计划，根本没必要去战场以身犯险。

但这次这个极为特殊的绝密作战任务，他不惜一切都要参加。自看到艾丽西娅的灵魂以来，加百列就花费自己整个人生去追求某样东西。而这次的事情就和那种东西有着直接的联系。

作战的委托人并不是国防部这位常客，而是在之前几乎没有什么生意往来的国家安全保障局——NSA。

上个月，两名NSA特工造访了这个房间，让已经几乎没有什么感情的加百列连连吃惊。

首先，作战是彻彻底底的非法任务。毕竟这可是要Glowgen的战斗小组坐上海军的潜艇，对同盟国日本的船只发动强袭。而且他们还交代，就算让对方出现死者也在所不惜。

其次，作战的目的是要夺取某项技术。

在听说那个技术的详情后，加百列因为极度的惊讶——或者说是喜悦，不小心轻轻地叫了一声。还好没被特工们发现。

"Soul Translation技术"。自卫队（JSDF）内部的一个名叫"RATH"的小组织开发的，能够解读人类灵魂的奇异机器。

身为灵魂的探求者，加百列从一开始就对诞生于日本的完全潜行技术有着极大的兴趣。因此他才会在*Gun Gale Online*里和日本的玩家战斗，甚至去学习日语。他还花了几万美元弄到了一台原本应该已经全部报废的"恶魔的机械"——也就是NERvGear。当然，不是给他自己戴的。

按照加百列的预想，因为那个死亡游戏引发的骚动，完全潜行技术的开发在日本会出现衰退。但是，他们依然秘密地进行研究，甚至已经进展到人类灵魂的秘密了。

对加百列来说，NSA的委托，简直就如同命运。

毕竟，就算Glowgen DS是一家大公司，也不过只是一家民间军事公司罢了。现在的NSA掌握着比CIA更强大的力量，他们的委托是无法拒绝的。而在紧急召开的董事会议上，最终也以两票之差决定接受委托。为了防止泄密，参加作战的战斗人员都是一些专门负责湿活（**注：间谍行业的术语，泛指暗杀、盗取情报等秘密行动**），或以前犯过事的合同工。

至于作战指挥官，则由加百列自己担任。当然，加百列没有将自己是Glowgen董事的事告诉战斗人员。如果被他们知道了，他们可能会马上背叛公司，改为绑架加百列要求赎金。

就算要冒如此大的风险，加百列也必须要去。

NSA的特工说过，通过STL技术，RATH不只能够解读，甚至已经成功复制了人类的灵魂。如果那个代号为"A.L.I.C.E"的人工灵魂成功完成，搭载到日本制造的无人兵器上，那东亚的军事平衡就会马上崩溃。

远东——不，世界的任何地方可能发生的纷争对加百列来说都无关紧要。但是，在听到爱丽丝这个名字的时候，加百列就下定了决心。

一定要得到她。不管付出多少代价，他一定要得到那个被保存在光立方中的灵魂。

"爱丽丝……艾丽西娅……"

加百列倒在躺椅上，低声地念叨着这两个名字。一丝微笑不知何时已经浮现在他的嘴角。

加百列的祖父创立的"Glowgen"这个公司名，是一个包含着"诞生光芒之物"之意的造语。祖父当时想象的似乎是幸福的光芒，但作为他的继承人，加百列想到的却是从濒死的艾丽西娅的额头上飘出的金色光芒。

诞生光芒之物，也就是灵魂。

这一切都是命运。

一周后，加百列与十一个战斗人员乘坐飞机前往关岛，乘坐停泊在海军基地的核潜艇侵入了日本领海。在作战即将开始前，他们换乘船上搭载的小型潜艇ASDS，向作为目标的超大型海洋研究母舰"Ocean Turtle"发动强攻。

是能不流血地占领，还是说某一方——或者是双方都会出现伤亡，此时还不得而知。但是，加百列坚信自己能够得到"爱丽丝"和STL技术。至于NSA，只要随便给他们几个光立方和复制资料就行了。

快了，就快了。在艾丽西娅之后不知道做过多少实验却依然未能摸索到的灵魂本质，很快就会掌握在自己手中。

他很快就可以再次看到那美丽的光之云了。

"你的灵魂想必很甜美吧……"

这次，加百列以日语重复了这句话，随后闭上了眼睛。

▶2

海狼级核潜艇"吉米·卡特"号的舰长——达利欧·齐利亚尼上校是从打扫鱼雷管的小兵一路晋升上来的，可以说他从外在到骨髓都是一个标准的潜艇乘员。他第一次乘坐的潜艇是老掉牙的巴贝尔级柴油动力潜艇，潜艇内的空间狭窄到能憋死人，不管去哪里都摆脱不了柴油味和噪音。

和那艘潜艇相比，比世界上任何潜艇都要昂贵的海狼级简直就是一辆劳斯莱斯。齐利亚尼自2020年被任命为舰长以来，对潜水艇和乘员们毫不吝啬地倾注了无数的感情。经过严格的训练，由高抗拉强度钢构成的船体与S6W型核反应堆，以及一百四十名乘员犹如一个生物一般紧密地集合在了一起，不管是什么样的海域，只要有深水，他们都能自在地在其中遨游。

对达利欧·齐利亚尼来说，"吉米·卡特"号就像他的孩子一样。不过遗憾的是，再过不久他就要从一线上退下来，上岸去做文职工作或者提前退役了。不过在他的推荐下，副舰长格思里将继任舰长，一定能成为一个出色的潜艇指挥官。

然而——

就在十天前，上头就像故意要齐利亚尼晚节不保似的，给他下达了一个奇怪而危险的命令。

"吉米·卡特"号是一艘为了支援特殊作战而设计的潜艇，许多装备都是为了和海军特殊部队SEALs合作而装上的，比如说固定在后甲板上的小型潜艇ASDS就是其中之一。

迄今为止，他曾经多次带着SEALs的队员深入他国领海。

但目的都是为了保护合众国，乃至是世界的和平。那些奔赴死地的男人，毫无疑问都和齐利亚尼的部下有着相同的使命感。

但是，两天前在关岛上船的这些人——

齐利亚尼去见过一次那些待在潜艇后部区域的客人，结果差点就命令部下把他们丢进深海。那十几个男人有的是毫无规矩地躺在地板上，有的戴着耳机听着震天响的音乐，还有的在聚众打扑克赌钱，地板上到处都是空啤酒罐。那些人绝对不是正经的海员，甚至连是不是军人都值得怀疑。

只有一个人，就是那个为部下们的不守规矩向齐利亚尼道歉的高大队长，看起来还算是懂点礼貌。

不过，他那双蓝得瘆人的眼睛——

齐利亚尼握住队长伸出的右手，看向他的眼睛，似乎品尝到一种自己已经忘却许久的感觉。

那是……是的，那是在齐利亚尼还没有加入海军的少年时代。他在养育自己的迈阿密海中游泳时，一条巨型大白鲨突然从他身边穿过。幸运的是，他没有受到攻击，不过他近距离地看到了大白鲨的眼睛。那是一对仿佛能够吞噬所有光芒，如同无底深渊一般的眼睛。

那位队长的眼睛深处，存在着和那条鲨鱼一样的虚无……

"舰长，舰首声呐有反应！"

声呐员的声音突然响起，将齐利亚尼从沉思中唤醒。

"是核反应堆的涡轮声，正在对照……声纹特征一致，一定是本次目标的海上平台。距离十五英里。"

齐利亚尼将意识集中在战斗上，迅速地从位于指挥舱中的舰长席上发出指示。

"很好，保持现在深度，速度降到十五节。"

他的命令随即被复诵了一遍，然后短暂的减速感袭来。

"找到护卫的宙斯盾舰了吗？"

"在目标的西南西三英里处发现燃气轮机的声音……找到对应舰船了，是海上自卫队的长门。"

齐利亚尼死死地盯着正面的大屏幕上显示出的两个光点。

宙斯盾舰暂且不提，按照情报中的描述，那个人工浮岛是没有武装的海洋研究船。他这次收到的命令，就是让那些全副武装的二流子冲进人工浮岛。而且那艘船属于理应是美国同盟国的日本，根本无法相信这是总统和国防长官认可的正规作战。

齐利亚尼的脑中浮现出那些直接带来五角大楼命令的黑衣男子们所说的话。

——日本在那个人工浮岛中进行着某种研究，计划用来与合众国再次开战。为了保持两国的友好关系，我们要将那个研究秘密地埋葬在深海中。

齐利亚尼并不是那种会全盘相信这些话的小年轻。

但同时他也明白，自己是一个除了遵守命令之外没有其他选择的老头子。

"客人准备好了没有？"

他以低沉的声音向站在自己身旁的副舰长问道。

"正在ASDS里待命。"

"很好……维持速度的同时，上浮到一百英尺深度！"

压缩空气，将压载水舱里的海水推出，产生的浮力将"吉米·卡特"号那巨大的身躯往上抬起。与光点的距离正在缓缓地，同时明确地减少着。

　　日本的研究人员中会出现伤亡吗？恐怕不可避免了。齐利亚尼到死都不会忘记自己曾经参与了这样的战事。

　　"距离目标还有五英里！"

　　齐利亚尼抛却迷茫，以坚定的声音下令：

　　"ASDS，分离！"

　　细微的震动传达到身体上，告诉他后甲板的货物已经离开了潜水艇。

　　"分离完成……ASDS开始自行前进。"

　　载着一群野狗和一条鲨鱼的小型潜艇速度越来越快，径直扑向那只漂浮在海面上的巨大海龟的腹部。

第十五章　在北地 人界历380年10月

▶1

将洗好的盘子竖在晾架上，用围裙的衣角擦了擦手后，爱丽丝·辛赛西斯·萨蒂猛然抬起了头。

因为这几天的降温，窗外树枝上那些红黄色的叶子已经掉了不少。和央都圣托利亚相比，这里的冬天果然要早了许多。

即使如此，在这个难得的好天气里，索鲁斯洒下的阳光依然让人感到温暖。在对面那棵树的粗枝上，一对爬树兔正依偎在一起沐浴着阳光，看起来非常惬意。

爱丽丝微笑着看了它们一阵子，回头说道：

"我说，今天天气不错，带上便当去东面的山丘上走走吧。"

没有人回答她。

这是一个只有两个房间的小木屋，而在这个客厅兼饭厅兼食堂的房间中央，放着一张朴素的白木桌。

一个黑发年轻人坐在同样朴素的椅子上。即使爱丽丝对他说话，他也没有抬头，只是一直茫然地看着桌子。

他原本就不算肌肉发达，现在更是明显比爱丽丝还瘦。即使隔着一件宽松的家居服，也能清楚地看到他凸起的骨架。从肩膀上垂下的那只空空如也的右袖，更是让人感到心痛。

那对与头发有着相同颜色的漆黑眼瞳中已经失去了光辉。空虚的双眼映照出的，只有那封闭的内心。

爱丽丝压下至今都无法习惯的心痛，以开朗的声音继续说：

"今天有点风，穿点厚的衣服比较好。你等着，我马上给你准备。"

她脱下围裙挂到水槽旁边的挂钩上，向旁边的寝室走去。

她将长长的金发系在脑后，盖上棉布头巾，然后拿起一条已经褪色的黑色布条，缠在依然没有恢复光明的右眼上。最后她从挂在墙上的两件毛布外套中拿下一件穿上，拿上另外一件回到了客厅。

黑发的年轻人依然一动不动。爱丽丝轻轻推了推他的背催促着他，他才终于以僵硬的动作从椅子上站起。

但是，这个年轻人能做到的仅此而已，他连一梅尔都走不了。爱丽丝在他身后为他披上外套，然后走到他前面将领子上的皮绳系紧。

"你再坚持一下。"

说完她快步向房间的角落走去。

那里放着一把用浅茶色木材削出来的牢固椅子。不过椅子下面装着的不是四条腿，而是两大两小的两组铁制车轮。这是独居在森林深处那个名叫卡利塔的老人用心制作的。

爱丽丝抓住这个轮椅背部的两个握把，将它推到年轻人的背后。她扶着身体已经开始摇晃的年轻人坐上皮革椅面，又将一块厚厚的毛毯盖在他的双脚上。

"好了！那就出发吧。"

她拍了拍年轻人的双肩，抓住握把，向位于屋子南面的门走去。

此时，年轻人突然微微转过脸，左手颤抖着向东面的墙壁伸去。

"啊……啊……"

　　低沉嘶哑的声音根本无法构成话语，不过爱丽丝很快就察觉到了年轻人想要什么。

　　"啊，抱歉。我马上拿给你。"

　　在年轻人伸手指着的那面墙上，有三把剑挂在结实的金属架上。

　　右边是爱丽丝拥有的那把金色长剑，金桂之剑。

　　左侧是年轻人过去挂在腰上的漆黑长剑，夜空之剑。

　　正中央的，则是已经失去了主人的纯白长剑蓝蔷薇之剑。

　　爱丽丝先把重量足以与金桂之剑媲美的夜空之剑从墙上拿下，拿在左手上。

　　接着她把蓝蔷薇之剑也拿了起来。这把剑的重量只有黑剑的一半。因为收在剑鞘里的剑刃已经折断了过半。

　　而这把剑的持有者，同时也是年轻人的好友——那个有着亚麻色头发的少年，现在已经离开了这个世界……

　　爱丽丝闭了闭眼睛，又拿着两把剑回到轮椅旁。她把两把剑轻轻地放在年轻人的膝盖上后，年轻人把左手放到剑上，再次低下了头。他只有在渴求这两把剑时，才会以声音和动作表现出自己的意志。

　　"拿好了，不要掉了哦。"

　　爱丽丝压抑住那阵即使经过了好几个月也不见减轻的心痛，对年轻人说道，然后推着变得更重的轮椅走到门外。

　　从门口到地面并非台阶，而是由厚厚的木板铺成的斜坡。爱丽丝将轮椅推下斜坡，走到庭院之后，清冷的微风与温和的阳光迅速将两人包裹起来。

　　小木屋建在森林深处一块出现得略为突兀的草地上。是由爱丽丝亲手砍下木材，削去树皮后建起来的。虽然外表不怎么好看，但因为用的都是些优质的树种，所以相当结实。后果就是，从头教她建造方法的卡利塔老人不停地念叨着"从没见过力气这么大的女孩子"。

这片草地，似乎是小时候的爱丽丝与尤吉欧的秘密游玩场所。很遗憾的是，爱丽丝完全想不起当时的事情了。因为她在"整合秘仪"的影响下，失去了成为整合骑士前的所有记忆。

她对卡利塔老人和村民们只说自己已经忘记了过去的所有事情。但实际上，现在的自己——整合骑士爱丽丝·辛赛西斯·萨蒂，只不过是在生长于这片土地的爱丽丝·滋贝鲁库体内借宿的人格。原本她想将一切都还给原来那个爱丽丝，但是原来那个爱丽丝的记忆，已经随着尤吉欧一起离开了这个世界。

"来，走吧。"

爱丽丝从短暂的沉思中醒来，对年轻人说了这么一句话后，将轮椅推到了庭院的门口。

这个直径有三十梅尔左右的圆形草地几乎都被柔软的草覆盖着，但只有东侧的一角，往外探出的树枝下堆积着一大堆的枯草，仿佛是巨大生物的巢穴——其实真的就是巢穴，不过现在看不到巢穴的主人。爱丽丝往巢穴那里看了一眼，一边想"今天又跑去哪里玩了"，一边沿着南北向贯穿草地的小道进入了森林。

走了五十梅尔左右之后，道路分岔为东西两个方向。往西就是一个叫卢利特的村子，不过若没什么事爱丽丝也不想往那边走。她转向东面，踩着在地面上摇晃的光斑往前走。

在这个10月即将结束之际，整个森林都从红叶的季节进入了落叶的季节。此时两人就行走在这样的一片森林之中。

"会不会冷？"

她对年轻人问道，没有得到回答。就算此刻是被极寒的风雪包裹，想必他也会不发一言。爱丽丝越过他的肩膀，确认外套的领口依然系得结结实实。

当然，如果生成一两个热素的话，要取暖也是很容易的。但是有些卢利特村村民依然觉得两人来历可疑，所以她尽量避免传出滥用神圣术之类的谣言。

轮椅在已经踩得坚实的道路上压出新的辙痕，走了十五分钟左右，前方突然变得明亮起来。一个还算高的山丘出现在穿出森林的两人面前。虽然道路变得越来越陡，但是爱丽丝依然毫不费力地将轮椅推了上去。

到达山丘顶端之后，眼前豁然开朗。

东边不远处是鲁鲁湖的蓝色水面，再往东就是广阔的湿地地带。南方是向远方不停延伸的森林。

往北看去，只见那被纯白雪花覆盖的"尽头山脉"如同直入天际一般耸立。过去乘坐着飞龙轻松跨越那片山峰的日子，已经有如遥远的梦境。

她也想用自己的双眼看看这片美丽的景色。在这片地力与阳力充足的土地上，她完全可以治愈半年前在中央大圣堂的外墙上失去的右眼。但是，她依然不愿只有自己一个人用神圣术治愈伤口。

因为，就算面对着这片宏大的晚秋美景，年轻人依然只是睁着空虚的眼睛，直直地看着半空。

爱丽丝在轮椅旁坐下，将身子靠在大车轮上。

"真美啊。这比大圣堂的墙壁上挂着的任何画作都要美丽。"

她微笑着呼唤着年轻人的名字。

"这就是你所守护的世界啊，桐人。"

一只白色的水鸟在湖面上助跑，划出连续的波纹之后，展翅飞向空中。

也不知道坐了多久。

等爱丽丝回过神来，索鲁斯已经升到了一个很高的地方，她也该回到小屋准备午饭了。虽然现在的桐人一次只能吃很少的东西，但哪怕只是少吃一顿饭，天命上限就会降低。

"差不多该回去了。"

她站起身，一边对桐人这样说着，一边握住了轮椅的把手。

就在此时，一阵沙沙地踩着草地爬上山丘的脚步声传入爱丽丝的耳中，让她回过头去。

向两人跑来的，是一个穿着黑色修道衣的少女。她那还带着一丝稚气的可爱脸庞上露出仿佛绽放着光芒的笑容，拼命挥舞着右手。

"姐姐！"

兴奋的声音随着微风传来，让爱丽丝的嘴角微微扬起，然后也轻轻地对她挥手。

少女如同跳跃一般地跑完最后十梅尔的路程，停下脚步并用几秒钟调整好呼吸，然后再次以开朗的声音喊道：

"早安，爱丽丝姐姐！"

然后她跑到轮椅旁，很有精神地问候坐在轮椅上的桐人：

"你也早啊，桐人！"

尽管桐人没有做出任何反应，但是少女依然笑容不改。只是在看向桐人膝盖上的那两把剑时，脸上露出了淡淡的哀愁。

"……早安，尤吉欧。"

她低声地说着，伸出右手用指尖轻抚着蓝蔷薇之剑的剑鞘。如果是陌生人这样做的话，桐人会有一丝防备的反应，但此时他依然一动不动。

少女对两个朋友打完招呼后，直起身再次看向爱丽丝。

爱丽丝感受着从心底里渗出的不可思议的暖意，对她说道：

"早安，赛鲁卡。你居然知道我们在这里呢。"

她之前用了一个多月的时间，才让自己不再用"赛鲁卡小姐"这个称呼。

自从半年前，她在中央大圣堂上从桐人口中知道自己有一个妹妹之后，就一直迫切地等待着与她见面。但是，在愿望已经实现的现在，赛鲁卡越是可爱，她就越觉得自己——不是爱丽丝·滋贝鲁库，而是前整合骑士爱丽丝·辛赛西斯·萨蒂——没有当她姐姐的资格。

也不知道赛鲁卡有没有察觉到爱丽丝心中的纠结，只见她以无忧无虑的笑容说道：

"我可没有用神圣术找哦。只是去你们家看到你们不在，又看到今天天气很好，就觉得你们可能会来这里而已。我把新挤的牛奶，还有今天早上烤的苹果芝士派放在桌子上了，中午拿去吃吧。"

"谢谢，帮了我大忙了。本来我还没有决定要做什么呢。"

"以姐姐你的烹饪水平，搞不好什么时候就会让桐人逃掉了呢！"

赛鲁卡开心地笑了，爱丽丝也笑着回答：

"竟敢小看我！我现在做煎饼可不会烧焦了！"

"真的吗？一开始明明还想用热素来烧，结果都成焦炭了。"

爱丽丝佯装生气地用手指去戳赛鲁卡的额头，却被她迅速地躲开，然后直接扑进了爱丽丝的怀中。爱丽丝感受着妹妹用力靠在自己胸口上的脸庞，轻轻地抱住了她的后背。

只有在这个瞬间，她才会强烈地祈求自己能够摆脱压在心头的重压。

她放弃了整合骑士的责任，来到这远离人群的森林深处过着安稳的生活——如果能够忘记这样的行为带来的罪恶感，不知道该有多么轻松啊。但与此同时爱丽丝也知道，那是绝对不能忘记的。就算是在抱着心爱的妹妹时，末日也正从尽头山脉的另一端一步步地向这里走来。

半年之前，公理教会中央大圣堂那场激战的最后——

虽然爱丽丝受了几乎耗尽天命的重伤，躺在大理石地板上动弹不得，但她还是可以朦胧地察觉到战斗的结果。

最高祭司阿多米尼斯多雷特与手持双剑的桐人进行了一场死斗。

最终，最高祭司被元老长丘德尔金的妄念之火灼烧殆尽，灰飞烟灭。

桐人的挚友尤吉欧，因为肉体与爱剑同时一分为二而死去。

眼看着尤吉欧死去的桐人激动地向出现在大厅北端的奇异水晶板叫喊着。在经过一场爱丽丝几乎完全不明所以的交流之后，桐人突然全身僵硬，倒在了地上——然后整个世界都回归

了寂静。

在爱丽丝恢复了少许天命，能够动弹的时候，索鲁斯的曙光从东面的窗户射了进来。爱丽丝以这光芒作为神圣力的源头，首先将倒在地上的桐人的伤口治好。但是他依然没有恢复意识，爱丽丝只能让他继续昏迷着，对自己使用了治愈术之后，调查了那块与他对话的水晶板。

但是，曾经闪耀着淡紫色的水晶板表面此时已经彻底失去了光芒，不管爱丽丝怎么触摸怎么呼喊，都没有得到回应。

爱丽丝无可奈何地跌坐在地上。

她选择相信桐人的话语，为了守护人界的居民和生活在边境的妹妹而与至高统治者阿多米尼斯多雷特战斗，但她根本不认为自己能够活下来。

在被最高祭司称之为"剑魔像"的怪异剑兵深深地贯穿身体时——

在以自己的身体挡住倾泻而下的怒雷时——

以及不顾一切地向准备结束桐人生命的刀刃扑去时——

爱丽丝都已经做好了死的准备。但是，在贤者卡迪纳尔、不可思议的大蜘蛛夏洛特以及尤吉欧的牺牲，以及桐人的奋战下，她保住了自己的生命。

——既然救了我，就要负起责任啊！

她对躺在她身旁的桐人无数次地叫喊过这句话。但是黑发少年一次都没有睁开过眼睛。在爱丽丝看来，这似乎就是要让她自己去思考，自己选择要走的道路。

在抱着膝盖呆坐了几十分钟后，爱丽丝终于站了起来。

似乎是因为大厅的主人死了，升降盘也和水晶板一样变得没有反应。爱丽丝用剑将它破坏，背着桐人跳到了九十九层。

她走下漫长的楼梯，从依然不停地咏唱着术式的元老之间穿过，进入大圣堂的大楼梯后，首先去找被她留在大浴场的剑术师父——整合骑士长贝尔库利·辛赛西斯·万。

被尤吉欧的武装完全支配术冻结起来的大量热水几乎已经都融化了，贝尔库利的身体漂浮在浴池之中。幸运的是，丘德尔金的石化术也已经解除了。

爱丽丝将他那巨大的身躯拉到通道上，一边喊着"叔叔"一边拍着他的脸，随后巨汉打了一个震天响的喷嚏，醒了过来。

面对毫无紧张感地说着"哦，已经天亮了啊"的师父，爱丽丝费了很大功夫才说清楚了现在的状况，让贝尔库利的表情也变得严肃起来。在听爱丽丝说完全部经过之后，他以仿佛能够包容一切的声音这样说道：

"辛苦你了，小姑娘。"

之后骑士长迅速展开了行动。被桐人他们打败，却不知为何已经彻底痊愈地睡在蔷薇园中央的副骑士长法那提欧，以及似乎同样被石化术监禁起来的迪索尔巴德，还有艾尔多利耶等整合骑士都被贝尔库利叫到了"灵光大回廊"，尽可能地告诉了他们真相。包括最高祭司阿多米尼斯多雷特在与北圣托利亚修剑学院的两个修剑士一战中阵亡的事，以及最高祭司正在进行着一个可怕的计划，企图将一半民众都变为以剑为骨架的怪物兵器。

另外，骑士团的上头组织元老院——其实只有元老长丘德尔金一人——也和最高祭司同归于尽了。

他只隐瞒了整合骑士的来历——不，应该说是整合骑士的

"制造方法"。虽然从一开始就对最高祭司那个"从神界召唤而来"的说法抱有疑问的贝尔库利能够承受得知真相时的冲击，但是他认为对其他骑士不能操之过急。

即使如此，艾尔多利耶与法那提欧等人依然表现出了强烈的动摇。这也难怪。拥有着与神等同的力量，几百年间一直是世界最高统治者的最高祭司居然死了，要让他们接受这个事实也是极为不易的。

在经过极为混乱的议论之后，骑士们选择了暂时先服从骑士长的指示。这其中的原因固然有贝尔库利的威望与实力，但或许也是因为"敬神模块"（Piety Module）仍在发挥作用。不管状况怎么改变，他们依然是侍奉公理教会的骑士，而在阿多米尼斯多雷特和丘德尔金离开人界的情况下，骑士长贝尔库利就是教会中地位最高的人了。

而贝尔库利本人，在得到了指挥权的那一瞬间开始就积极地行动起来，执行自己本来的任务，也就是"守护人界"。他自己心中应该也有迷茫和纠葛，因为他知道，自己被夺走的最爱之人记忆，就存在于自己触手可及的地方。

然而他把构成剑魔像的三十把剑与超过三百个的水晶柱全部严密地封存在大圣堂的一百层，并决定对骑士团以外的人暂时隐瞒最高祭司的死亡。比起让包括他在内的整合骑士恢复记忆，此时更应该优先的，是为对抗暗黑帝国即将发起的大举侵略做好准备。

贝尔库利开始尽力重建半毁的骑士团，对虚有其表的人界四帝国近卫军进行重编并重新训练，这些大工程自然也得到了爱丽丝的协助。她用桐人做的临时眼罩包着右眼，开始到处奔波。

但是，她不能一直留在大圣堂。不少整合骑士，以及不知道最高祭司已经死亡的修道士们，提出要将与公理教会为敌的叛逆者，即是还在昏睡的桐人处刑。

在工作告一段落后的某个拂晓，爱丽丝带着桐人骑上飞龙离开了央都。当时距离那场流了许多血的激战已经过去了两周。

但是之后的事情也是麻烦不断。在不习惯的露宿日子里，桐人也没有睁开眼睛。爱丽丝本想为昏睡的他找个像样的房子和温暖的床铺，却发现自己没钱去住城里的旅馆，她也不愿为此行使整合骑士的权威。

就在这时，她想起桐人在大圣堂外墙上提到过的卢利特村。

就算失去了记忆，但既然是爱丽丝和尤吉欧出生的故乡，那么生活在那里的人应该会接纳她吧。带着这样的一线希望，爱丽丝骑着飞龙向北方飞去。她一边照看着桐人的身子，一边慢慢地飞行，花了整整三天的时间，才越过诺兰卡鲁斯帝国，来到了尽头山脉山脚下的那个小村庄。

为了不吓到村民们，爱丽丝在距离村庄不远处的森林里降落，然后命令飞龙在那里看着行李，自己背着桐人向村子走去。

在走出森林，进入从麦田中穿过的小路之后，她和好几个村民擦肩而过。但是他们都只是露出了有些惊讶与有些怀疑的表情，并没有和爱丽丝打招呼。

在她到达建在高台上的卢利特村，打算穿过那道木门时，一个高大的年轻人从旁边的门卫室里跑了出来。他涨红着那张长满雀斑的脸，堵在爱丽丝的面前——

"站住，外人不得随意进村！"

年轻的卫士一边喊，一边如同炫耀似的将手放在剑上，然而在看到爱丽丝背上的桐人的脸时，露出了惊讶的表情。他嘟哝了一声"咦……他是……"，之后又认真地盯着爱丽丝的脸看了一会儿，最终瞪大了眼睛和嘴巴。

"你……你……难道是……"

听到这句话，爱丽丝微微松了口气。她慎重地选择着用词，对这个过了八年时间依然记得自己的卫士说道：

"我是爱丽丝，请帮我叫一下村长卡斯弗特·滋贝鲁库。"

也许她自称爱丽丝·滋贝鲁库会更好一些，但是她怎么也说不出口。幸运的是，似乎只报上名字就足够了。卫士的脸色瞬间由红转青，呆呆地张了几下嘴后向村里跑去。因为他也没让爱丽丝在原地等着，于是爱丽丝也走进门，跟着卫士走去。

午后的村子瞬间如同被捅的蜂窝一般沸腾起来。本就不宽的道路两侧被几十个村民堵得严严实实，看到爱丽丝走过，他们纷纷发出了相同的惊叹声。

然而，他们的表情里并没有多少欢迎爱丽丝回到故乡的喜悦，还对身为女人却身穿金属铠甲的她，以及在她背上昏睡着的桐人表现出了惊讶、警惕，甚至是恐惧。

爱丽丝沿着平缓的上坡道前行，最终来到了一个圆形的广场上。

广场中央是喷泉和水井，北面是一个屋檐上挂着圆十字的小教堂。看着爱丽丝在广场的入口处停下脚步，远远围观着她的村民们开始面露不安地窃窃私语。

几分钟后，东面的人墙被分开，一个男人从人墙后大步走来。爱丽丝马上就看出来了，这个嘴上的胡子修得很是整齐的壮年男子，正是卢利特村的村长，也就是爱丽丝过去的父亲卡斯弗特·滋贝鲁库。

卡斯弗特在离爱丽丝还有一段距离的时候停下脚步，表情不变地来回注视着爱丽丝和桐人。

在过了十秒左右，他以低沉而响亮的声音问道：

"你是……爱丽丝吗？"

对于这个问题，爱丽丝只是回答了一声"是的"。但是村长既没有走上前来，也没有对她伸出温暖的手，只是以更加威严的声音问道：

"为什么你会在这里。你的罪得到了赦免了吗？"

这次爱丽丝没能马上回答。因为连她自己都不知道自己的罪是什么，又是否得到了赦免。

桐人曾说过，年幼的爱丽丝·滋贝鲁库被整合骑士迪索尔巴德逮捕到央都的直接理由是"入侵了暗黑帝国"。这确实是违反了禁忌目录的行为。但是成为整合骑士后，爱丽丝已经不被禁忌束缚。因为对骑士来说，只有最高祭司的命令才是唯一的法令。但是现在最高祭司已经不在了，从今以后，不管是犯罪还是赦免，邪恶抑或善良，都得由她自己来选择了……

爱丽丝这样想着，正面与村长对视着回答道：

"我的罪所对应的惩罚，是失去在这个村子生活时的全部记忆。我不知道这样算不算已经得到了赦免。但是，现在的我，除了这个村子以外已经无处可去了。"

这是爱丽丝毫无虚假的真心话。

卡斯弗特闭上眼，嘴角和眉头出现了深深的皱纹。然而，片刻之后，村长抬起头，眼神变得无比锐利，同时说出了冷酷的话语：

"离开这里。此处并非罪人的容身之所。"

赛鲁卡似乎是感受到了爱丽丝瞬间的僵硬，抬起头，有些疑惑地开口：

"姐姐？"

面对妹妹关怀的低语，爱丽丝微笑着回答：

"没什么。好了，该回家了。"

"……嗯。"

赛鲁卡点点头松开了手，抬头看了爱丽丝一会儿，迅速恢复了那开朗的笑容。

"我来帮你推到岔道吧！"

说完，她迅速站到桐人的轮椅后，用纤细的双手握住把手。椅子本身就很重，再加上瘦削但依然有着一定分量的桐人，还有两把神器级的剑。最初赛鲁卡想挑战这份工作时，爱丽丝本以为对于一个只有十四岁，而且还是没做过力气活的见习修女来说负担太大了，但是当时赛鲁卡前倾着身子，脚在地上用力一蹬，轮椅就缓缓地前进了。

"现在是下坡，小心点哦。"

虽然赛鲁卡之前从来没有打翻过轮椅，但爱丽丝还是有些担心地对她说道。赛鲁卡则回答"没事啦，姐姐你还是那么爱瞎操心"。据赛鲁卡所说，在卢利特村生活时，爱丽丝自己就经常和尤吉欧一起去探险和做实验，但对于妹妹总是照顾得有些过头了。

是即使失去了记忆也还维持着基本的性格呢，还是只是单纯的偶然呢？爱丽丝走在认真地推着轮椅的赛鲁卡身旁，思考着这样的事情。

走下山丘后，平缓的下坡变成了平坦的道路。赛鲁卡拼命地推动着变得更加沉重的轮椅。在注视着妹妹的侧脸时，爱丽丝的思考再次回到了过去。

被拒绝回归村子的那一天，爱丽丝消沉地低着头走出村口，却被站在树荫下的赛鲁卡叫住了。如果没有赛鲁卡那即使明知会违逆父亲也依然不改初衷的勇气，以及由她介绍的卡利塔老人的善意，爱丽丝恐怕现在还在居无定所地彷徨着吧。

对赛鲁卡来说，这一切也绝对不是那么容易接受的。

姐姐好不容易才回到了故乡，却忘记了过去的一切。

两年前和她仅有过几天交流，却给她留下深刻印象的桐人则是昏睡不醒。

如同她哥哥一般的尤吉欧也已经死去。

但是，赛鲁卡只有在知道尤吉欧已经再也回不来的那一刻才流下了眼泪，之后在爱丽丝面前展现出的都是笑容。她的坚强与善解人意，让爱丽丝每天都为此感谢与惊叹。在爱丽丝看来，这是一种比修道士的神圣术以及骑士的剑更为强大与高贵的力量。

同时她也日渐感受到，离开了公理教会的自己有多么无助。

在卡利塔老人的帮助下，于离村子两千梅尔的森林深处建起一个空间不大却很结实的小屋后，爱丽丝做的第一件事，就是对一直昏睡的桐人施展大规模的治愈术。

她选择了一个广阔森林中提拉利亚的恩宠最为丰富的地点，以及没有任何云朵遮挡索鲁斯之光的日子，将地神与阳神赐予的庞大空间神圣力凝缩成十个光素，转变为治愈之力后注入桐人的身体。

爱丽丝倾尽全力施展出的这个治愈术规模极大，别说是人了，就连飞龙那庞大的天命都能瞬间恢复到最大值。她相信不管桐人受了多重的伤，都能迅速痊愈，连同那被砍掉的右手。

她仿佛什么都没有发生过似的睁开双眼。但是——

在那眩目的灵光散去之后，桐人确实是睁开了眼睛，但是那双漆黑的眼中已经没有了意志的光芒。就算爱丽丝不停地呼喊他的名字，摇晃他的肩膀，最后甚至是揪着他的胸口大喊大叫，他也只是眼神空洞地仰望着天空。爱丽丝甚至无法将他的右手恢复过来。

自那天之后已经过去了四个月，桐人的心依然没有恢复的迹象。

赛鲁卡安慰她说，只要姐姐努力照顾，桐人总有一天会恢复的。但是在暗地里，爱丽丝一直在害怕自己做不到。

毕竟，她只是最高祭司阿多米尼斯多雷特创造出来的人格。

一直默默地推着轮椅的赛鲁卡说"稍微休息一下吧"，然后停下了脚步，让爱丽丝再次从回忆中醒了过来。

看着额头冒汗，大口大口地喘着气的妹妹，爱丽丝伸出左手轻轻地摸了摸她的背。

"谢谢你，赛鲁卡，之后让我来推吧。"

"我本来想……努力……推到岔道口那里的……"

"你这已经比上次多推了一百梅尔了。省了我很多力气呢。"

如果是年长了许多的姐姐，此时应该给妹妹一些零用钱，这是她来到村子之后学到的。不过遗憾的是，此时她的口袋里一枚铜币都没有。以她现在的财政状况来说，哪怕在森林里弄丢了一希亚，都是很惨重的损失，所以除了买东西之外，她都不会把钱带在身上。

因此她只能摸摸赛鲁卡那明亮的茶色头发以作补偿。呼吸稳定下来的妹妹露出了欣喜的笑容，但爱丽丝发现，她表情的角落里有一丝阴霾，不由得有些疑惑。

"怎么了，赛鲁卡？遇到什么困难了吗？"

她一边握紧轮椅的把手一边问道，赛鲁卡在犹豫了片刻后开口了。

"那个……巴尔波萨家的大叔，又想让姐姐去处理开拓地上的树了……"

"什么嘛，原来是这样。根本没必要介意的啊，谢谢你告诉我。"

爱丽丝微笑着回答。而妹妹那消沉的表情又迅速地变成了不满，嘴都噘了起来。

"因为……那些人太过分了。桐人你也是这么认为的吧？"

她向坐在轮椅上的桐人问道，不过低着头的年轻人自然不会回答，但赛鲁卡像是得到了他的赞同似的加强了语气。

"不管是巴尔波萨先生，还是利达克先生，他们都没想过要让姐姐住在村子里，却只在遇到麻烦的时候才想着找你帮忙。虽然我帮忙传话了，但你可以拒绝的啊，姐姐。我会从家里带吃的给你。"

听到她这番话，爱丽丝不由自主地笑出声来，然后安慰有些生气的妹妹：

"我很高兴你能为我着想，不过你真的不用在意的，赛鲁卡。

我很喜欢现在的家，能让我住在村子附近我就已经很感激了。等帮桐人吃完午饭后我就去，是在哪个地方？"

"说是南边的开拓地……"

赛鲁卡轻声地回答，之后就默默地走在轮椅旁。

在快到达通往小木屋的岔道口时，她突然坚定地说道：

"姐姐，我明年就能结束见习期了，虽然不多，但还是能拿到一些工钱的。到时候你就不用去给那些人帮忙了。姐姐和桐人，就由我……我来……"

赛鲁卡说到这里就说不下去了。爱丽丝轻轻地抱住了她。

爱丽丝将脸靠在那一丛和自己颜色不同，但手感很是相似的茶色发丝上，轻声说道：

"谢谢……不过，只要你能在我身边，我就很幸福了啊，赛鲁卡……"

爱丽丝目送不停挥着手的赛鲁卡依依不舍地离开后，与桐人一起回到小木屋，开始准备午饭。

最近她的家务活总算是做得有点像样了，但是做饭的水平依然没有起色。和金桂之剑相比，从村子的杂货店里买到的菜刀就如同玩具一般无力，等她战战兢兢地切好材料，时间已经过去了二三十分钟。

幸运的是，今天赛鲁卡送来了刚出炉的派，所以爱丽丝只需要把它切成小块喂给桐人就行了。她用叉子将派送到桐人嘴边，然后耐心等待，桐人才终于微微张开了嘴，让她能把食物喂进去。随后他就像恢复了过去吃东西时的记忆一般，慢慢地，慢慢地咀嚼起来。

趁着桐人咀嚼的时候，爱丽丝也用心地品尝起加入了苹果和芝士的派。做这个派的人，恐怕就是卡斯弗特村长的妻子莎蒂娜·滋贝鲁库，也就是赛鲁卡，同时也是爱丽丝的母亲。

在中央大圣堂生活的时候，每到就餐时间，大食堂的桌子上就会摆满人界各地的美味佳肴，供人随意取食。相比之下，莎蒂娜制作的派不管是味道还是外观都很是朴素，却让爱丽丝觉得要好吃许多倍。只是让她有点不快的是，桐人在吃莎蒂娜做的东西时的反应，也比吃她自己做的东西时更好。

吃完饭，收拾好东西之后，爱丽丝再次让桐人坐上轮椅，然后将两把剑放到他的膝盖上。

推着轮椅走出小屋后，能看到午后的阳光将前院照得闪闪发亮。最近白天变得短了许多，经常一不留神就到了傍晚。她快速走向南边的岔道口，这次是往西边走去。

走了片刻后，她走出了森林，眼前出现了一大片等待收割的麦田。在那片沉甸甸地摇晃着的麦穗海洋后，是地势陡然拔高的卢利特村。而在那一片红砖房的中央高高耸立着的，就是赛鲁卡生活的教堂。

赛鲁卡和管理教堂的阿萨莉亚修女都还不知道，管理人界四帝国所有公理教会组织的中央大圣堂，现在已经是失去了主人的空中楼阁。不过这并不影响这个兼作孤儿院的小教堂正常运营。

也就是说，就算最高祭司死去，大圣堂陷入了极大的混乱，也不会对人们的生活造成任何影响。《禁忌目录》依然起效，束缚着人们的意识。这样他们究竟能否拿起剑，为守护人界而战呢？

如果以公理教会或帝国皇帝之名发出命令，他们应该是会遵从的。但只是这样的话，无法战胜黑暗军团。至少骑士长贝尔库利对这个严峻的事实了然于心。

能够最终影响战斗走向的，不是武器的优先度，也不是术式的行使权限，而是意志的力量。桐人颠覆了让人绝望的战斗力差距，打倒了好几个整合骑士，打倒了元老长丘德尔金，甚至最终打倒了最高祭司阿多米尼斯多雷特的事实，恰好证明了这一点。

爱丽丝挺起胸膛，堂堂正正地面对麦田里耕作的村民投来的交杂着警惕与不安的目光，在心中向自己的剑术师父默念着。

——叔叔，也许对于生活在人界的人民来说，和平不是自己守护下来的，而是永远由别人赐予的。

——然后，让他们这样认为的，一定就是……公理教会和禁忌目录，以及我们整合骑士团。

骑士长贝尔库利此时应该还在央都圣托利亚，为四帝国军的训练与装备的制造而到处奔走吧。又或者，他已经调动军队前往最大的战场——伊斯塔巴列斯帝国边境的"东之大门"。他肯定需要尽可能多的整合骑士来帮他处理事务，或者成为开战后的战力。

——但是，现在的我……

爱丽丝一边沉思，一边穿过麦田，来到村庄南方的开拓地。她在翻起的黑土前停下轮椅，眺望着这片广大的土地。

仅仅两年前，爱丽丝面前的这个地方，还是一处比她所住的东面森林更大的林地。

然而，之前赛鲁卡一脸无奈地提到，因为当初那片森林的主人，也就是那棵高高耸立、不停吸收着神圣力的"恶魔之树"基家斯西达被桐人和尤吉欧砍倒了，结果现在村里的男人都在埋头开垦田地。

开拓地正中是一个巨大而漆黑的树桩，南边则有几十个村民在用力地挥舞着斧头。而村民旁边那个自己没有握着斧头，只是在不厌其烦地发出各种指示的大肚男人，正是村子里最大的农场主奈格尔·巴尔波萨。

即使不怎么想见到他，爱丽丝还是推着桐人走上了那条踩出来的小道。桐人在经过当初被自己砍倒的巨树树桩时也没有任何反应，依然低头抱着两把剑。

最先注意到两人接近的，是巴尔波萨家几个坐在刚砍倒的树上休息的年轻人。年龄大概在十五六岁的三人毫不客气地盯着金发上盖着头巾的爱丽丝，然后又看向了轮椅上的桐人，小声地谈论了些什么之后，发出了低低的笑声。

爱丽丝无视他们从旁边走过的时候，一个年轻人大喊道：

"叔叔，来了哦！"

原本在双手叉腰大喊大叫的奈格尔·巴尔波萨迅速转过身，肥胖的圆脸上浮现出得意的笑容。他那大大的嘴巴和细细的眼睛，总是让爱丽丝回想起元老长丘德尔金。

但是爱丽丝还是尽可能地回以微笑，淡淡地打了个招呼：

"你好，巴尔波萨先生。我听说你找我有事……"

"哦哦，哦哦，爱丽丝啊，你来得正好。"

看着他摇晃着滚圆的肚子张开双手靠近，爱丽丝怀疑他想拥抱自己，不由得戒备了一下，幸好他似乎在看到爱丽丝面前的轮椅时就放弃了这个想法。

奈格尔改为站在爱丽丝身侧不到五十限的地方，转过庞大的身躯，指着耸立在森林与开拓地边界的大树。

"喏，看到没？从昨天早上我们就在折腾那棵烦人的白金橡树了，可十个大男人挥了两天斧子，也只砍了这么一丁点。"

他用右手的食指和拇指捏了一个小小的半圆。

树干直径达到一梅尔半的白褐色巨树牢牢地扎根于大地，顽固地抵抗着开垦者们的进攻。现在有两个男人正拿着巨大的斧头交替地砍着，但是树干上被砍出的伤口还不到十限深。

男人们脱了上衣，上半身汗如雨下。虽然他们胸口和手腕上的肌肉也还算过得去，但似乎是平时不怎么拿斧头，动作显得有些僵硬。

在爱丽丝注视着的时候，其中一个男人的右脚滑了一下，斜斜地砍在了另外一个地方。斧柄整个从中断掉，男人一屁股坐在地上，周围的伙伴们毫不客气地嘲笑了他。

"真是的，在搞什么呢，那群笨蛋……"

奈格尔念叨着，再次看向爱丽丝。

"按照这速度，砍一棵树就不知道要花几天呢。我们在这里浪费时间的时候，利达克那帮人已经开出了一块二十梅尔见方的土地了！"

提到那个仅次于巴尔波萨家的农场主时，奈格尔伸出脚踢飞了一块小石头，气喘吁吁地发着脾气。但随后他又露出了满面笑容，讨好地说道：

"就是这样啦，虽然定了一个月一次，但这次能不能破例帮个忙呢，爱丽丝？虽然你不记得了，但是你小的时候，我可是经常丢……哦不对，是送你糖果吃的呢。你以前可是个很可爱的小姑娘啊，不不，现在当然也是啦……"

爱丽丝忍住叹息，打断了奈格尔的话：

"我明白了，巴尔波萨先生。我就只帮这一次。"

除掉对开垦造成妨碍的树和岩石——例如眼前这棵白金橡树，就是现在爱丽丝的天职——不，是暂时的收入来源。

当然，这不是一个正规的工作。爱丽丝在村外的森林里住了一个月之后，通往西边放牧地的道路上出了事故，一块巨大的落石堵住了道路。当时路过的爱丽丝单凭一人之力就将那块岩石推走，让道路得以畅通。这件事传到村里之后，不知从什么时候开始大家就请她来帮这样的忙了。

因为要和桐人两个人生活也需要一些现金，所以有工作可以做是件很值得庆幸的事情。但是赛鲁卡担心如果爱丽丝有求必应，那些人就会没完没了地找上门来，所以约定了一家一个月只能帮一次。

虽然有禁忌目录、诺兰克鲁斯帝国基本法，以及村子所规定的种种束缚，但奈格尔明知道违反约定，还是在一个月内让爱丽丝帮了两次忙，不过她对此并不感到吃惊。当然，奈格尔并没有像爱丽丝和尤吉欧那样突破了"右眼的封印"——按照最高祭司的说法是"Code 871"，想必他只是认为爱丽丝的地位比自己低而已。在他看来，根本没有必要老老实实地遵守和这个住在村外一个小破屋的前罪人的约定。

即使内心中这样想着，爱丽丝还是再次向奈格尔行了个礼，然后离开了轮椅。她看过桐人的状况，发现他对周围的喧闹没有什么反应。在心中对他默念了一声"等我一会儿"后，爱丽丝向那棵巨大的白金橡树走去。

男人们在看到爱丽丝之后，有人露出了坏笑，也有人明显地咂了一下舌头。不过这里所有人都已经见识过爱丽丝的力量，所以都一言不发地从树边离开了。

爱丽丝来到他们之前所在的地方，在大树前伸出右手，指尖迅速地画出神圣文字的印记，调出了"史提西亚之窗"。不愧是能让十个大男人束手无策的大树，天命值相当地高。从这个优先度来看，这次不能像以前那样找人借一把斧子就了事。

爱丽丝小跑着回到轮椅旁，弯下腰小声地对桐人说道：

"对不起，桐人。把你的剑借我用一会儿吧。"

她伸出右手按在黑色皮革制成的剑鞘上，能感觉到桐人抱着剑的左手有些抗拒。

但是，在爱丽丝耐心地盯着他空虚的眼睛看了一会儿之后，他终于放松了手中的力量，喉咙中发出了嘶哑的声音：

"啊……"

这并不是他在传达自己的意志，更类似于记忆中泛起的回响。现在驱使着桐人的不是思考，而是心中的回忆。

"谢谢。"

爱丽丝低声说道，轻轻地将黑剑从他手中拿起。在确认桐人又平静下来之后，她走回白金橡树旁边。

这棵树真的很大。虽然还赶不上耸立在央都圣托利亚各处的古树，但树龄应该也超过一百年了。

爱丽丝在心中低声对树说了一声抱歉，随后站稳了脚步。

右脚前伸，左脚后撤。右手将夜空之剑举到腰部，左手轻轻地按在那卷着黑色皮革的剑柄上，用左眼测量着和树的距离。

"喂喂，你想用那么细的剑砍倒白金橡树？"

一个男人大喊起来，周围的人轰然回应。"剑会折断的哦""还没折断天就该黑啦"之类的起哄声不断传出，其中还混杂着奈格尔·巴尔波萨担忧的声音：

"呃，爱丽丝，最好能在一个小时里完成啊。"

在开始做这个工作之后，她已经砍倒了十多棵树，一般都需要花三十分钟左右。之所以要用这么多时间，是因为她要控制自己的力量，不然会把跟别人借来的斧子弄坏。但是今天就没有这个必要了。夜空之剑可是和爱丽丝的金桂之剑有着同等级优先度的神器。

"不，不用花那么多时间。"

爱丽丝像是自言自语地回答着，随后握紧了剑柄。

"喝！"

随着一阵短暂的叫喊，在她踏出的右脚下，尘土仿佛爆炸一般弥漫开来。

她很久没有挥动真正的剑了，不过幸好还没有连剑术都忘记。左水平斩从鞘中迸出，化为黑色的电光在空中飞舞。

周围的男人们似乎连斩击的过程都没有看到。见爱丽丝将剑挥到右前方之后又重新站直，他们讶异地皱起了眉头。

白金橡树那光滑的树皮上只有男人们砍出的那条浅浅的口子，除此之外没有任何的伤痕——至少看起来是这样。

终于有人出声道："什么嘛，没砍中吗？"然后几个人笑了起来。爱丽丝瞟了说话的人一眼，一边将剑收回鞘中一边说道：

"会倒到那边去的。"

"啊？你说什么……"

男人还没说完，双眼就惊讶地瞪大了。因为他看到白金橡树的树干正在缓缓地倾斜。周围的人也一起发出了"哇啊啊啊啊"的惨叫，向后方逃去。

巨树发出巨响，倒在了男人们三秒钟前所站的地方。

爱丽丝用右手拨开不断涌起的尘土，走到白金橡树的树桩前。全新的断面上清晰地浮现着密密麻麻的年轮，仿佛打磨过一般光滑，只有在最角落的一个小地方微微凸起。

是她的剑术倒退了吗，还是右眼失明的缘故呢——爱丽丝一边思考一边转过身去。

突然，她的上身微微后仰。只见奈格尔·巴尔波萨正满面笑容，张开双手向这边跑来。

爱丽丝下意识地举起左手的剑，剑柄和剑鞘撞击的声音响起，让奈格尔慌忙停下脚步。

"实在……实在太……实在太棒了！多么高超的剑术！卫士长吉克都根本不是你的对手！简直神乎其技！"

他又往前凑了一梅尔，带着以等份的感叹和欲望混合而成的笑容继续说道：

"如、如、如何啊爱丽丝，我多给你一倍的钱，别拘泥什么一个月了，一周来帮一次……不，一天来帮一次怎么样？"

面对双手快速搓动着的奈格尔，爱丽丝轻轻摇了摇头。

"不，有现在这些钱就足够了。"

如果拿金桂之剑使用武装完全支配术的话，别说一天砍一棵大树，她甚至可以在几分钟里把眼前的森林全夷为平地。但是这样的话，他们的要求可能会变成翻耕荒地，打碎岩石，说不定还会叫她降雨。

奈格尔呻吟着扭了扭身子，在听到爱丽丝说"请给我工钱"

之后才像是刚回过神似的眨了眨眼。

"哦，哦哦，对对对。"

他伸手进怀里，从沉重的皮袋中拈起说好的一百希亚银币。

奈格尔将银币放到爱丽丝手上，一边不死心地继续说道：

"爱丽丝啊，你看这样如何？我现在再给你一枚银币，这个月你不要去帮利达克那帮人……"

就在爱丽丝忍住叹息，打算再次开口拒绝的时候——

"哐当"的沉重响声传入她的耳中。她猛地抬起头，只见远处的那个轮椅歪倒在地上，桐人的身体也被甩到地面。

"桐人！"

爱丽丝以嘶哑的声音大喊，从奈格尔身边跑过。

倒在地上的桐人像是竭尽全力地想伸出左手，而在他左手指着的方向，是那帮正在休息的年轻人，其中有两个正在努力把白色皮革剑鞘里的长剑立在地面上，还很兴奋地叫喊着：

"哇，这怎么搞的，好重啊！"

"所以那个女人才能一剑就砍断白金橡树的吧。"

"少说废话，好好撑着啊！"

第三个少年叫喊着，双手握着剑柄，想把蓝蔷薇之剑拔起。

爱丽丝听到自己咬紧的牙齿里传出了"嘎吱"的响声。随后她大声怒吼道：

"你们几个！"

听到她的喊声，少年们呆呆地张大了嘴，注视着她。

她瞬间跨越了剩下的二十梅尔距离，在弥漫的尘土中停下脚步。看到她的表情，三个人不由得往后退去。

爱丽丝深吸了一口气，勉强压抑住即将爆发的情绪，先把倒在地上的桐人扶了起来。她一边在把桐人扶到轮椅上坐好，一边以拼命压低的声音命令道：

"那把剑是这个人的东西，快点还给他。"

三个人的脸上马上露出了抗拒的表情。试图拔出蓝蔷薇之剑的大个子少年咧着嘴唇指了指桐人说道：

"我们跟他说了，把剑借给我们。"

坐回轮椅上的桐人依然在朝纯白的剑伸出左手，发出微弱的声音。

按着剑鞘的一个年轻人也露出嘲弄的笑容继续说道：

"然后他就很大方地借给我们啦。都听到他在'啊''啊'了吧。"

剩下的一个人也帮腔似的说着"没错没错"。

爱丽丝此刻只能用右手紧紧地握着轮椅的把手。因为这只手随时有可能拔出还拿在左手上的夜空之剑。

如果是半年前的她，一定会毫不犹豫地将摸着蓝蔷薇之剑的那六只手砍断。虽然《禁忌目录》里禁止伤害他人，但是整合骑士不受这个束缚。更别说在打破了右眼的封印之后，已经没有能够制止爱丽丝行动的法律了。

但是——

爱丽丝将牙关咬得生疼，抗拒着心里产生的冲动。

这些少年，都是桐人和尤吉欧不惜性命也要保护的人界之民。她不能伤害他们，他们两人都不希望这样。

在这几秒钟里，爱丽丝只是默默地站在原地一动不动。估计是因为左眼中的杀气难以掩盖，对面的三人失去了笑容，胆怯地移开了视线。

"知道了啦……摆出这么可怕的脸干吗啊。"

最终，那个大个子的少年不爽地丢下这么一句话，手也从剑柄上放开。剩下的两人似乎也没力气再支撑下去，像是松了口气似的放开剑鞘。蓝蔷薇之剑顺势倒在地上。

爱丽丝默默地走过去，弯下腰，故意只用右手的三个手指就轻松地把剑拿了起来。在转过身的时候，她又对三个臭小鬼瞪了一眼，才回到了轮椅旁。

她用外套的衣角擦去剑鞘上的尘土，将黑白两把剑一起放在桐人的膝盖上。桐人将剑紧紧地抱住，然后再次安静下来。

爱丽丝往奈格尔·巴尔波萨那里看了一眼。只见他似乎对这场冲突完全没有兴趣，只是在专心地指挥着男人们。爱丽丝对他那不停叫唤着的背影微微行了一礼后，推着轮椅沿着小道向北方走去。

心中那久违的狂怒，不知何时已经被冰冷的无力感取代。

自从在卢利特附近的森林住下来之后，她已经不是第一次遭遇这样的事情了。许多村民都不愿与爱丽丝说话，而对失了心的桐人，他们甚至不把他当成人看。

爱丽丝并没有怪他们。因为在他们看来，爱丽丝还是一个违反了禁忌目录的罪人。光是能默认两人在村子附近住下，还把食物和日用品卖给他们，就已经很够意思了。

但同时，爱丽丝内心的角落里也会有这样的想法：这到底是为了什么？

到底是为了什么，才去忍受那么多的痛苦，和最高祭司阿多米尼斯多雷特战斗？另一位最高祭司卡迪纳尔，有着自我意志的黑蜘蛛夏洛特，甚至是尤吉欧都失去了性命，让桐人失去了话语和感情。付出了这么多代价，到底是要守护什么东西呢？

思考到最后，总会出现一个她绝对不能说出口的疑问。

"守护巴尔波萨家那样的人，真的有意义吗？"

这样的迷茫，是爱丽丝丢下手中的剑，留在这个边境之地的理由之一。

当她隐居在这里时，在伊斯塔巴列斯帝国边境的"东之大门"外，黑暗的大军正一步步逼近。现在的形势十分微妙，也不知道骑士长贝尔库利组建的新生"人界守备军"赶不赶得上。爱丽丝还没有卸下整合骑士的职责——能够发出这种命令的只有已经死去的最高祭司，她原本应该尽早赶到大门那边才对。

但是，对现在的爱丽丝来说，金桂之剑是那么地沉重。

原本以为是故乡的神界其实并不存在。宣誓效忠的公理教会有着太多的虚假。而她对人界之民的丑陋与肤浅更是已经了解得太多太多。能够毫不犹豫地挥动手中的剑，能够向神祈祷的时代，早已经是遥远的过去了。

现在爱丽丝真正想守护的人类只有区区数人。父亲和母亲，赛鲁卡与卡利塔老人，还有桐人。只要能保护他们，抛弃骑士的职责，在这里安稳地生活下去也没有什么不好的——

在离开开拓地，走出麦田的时候，爱丽丝停下脚步，对桐人低声说道：

"要不要顺便去村里买东西？我不会让没礼貌的孩子对你恶作剧的。"

虽然没有得到回答，但爱丽丝依然将此当成默认，推着轮椅向北走去。

当他们用赚来的一百希亚银币买了一周份的食材和生活必需品，回到森林小屋的时候，天空已经被彻底染成了朱红色。

在爱丽丝准备将轮椅推上门前那个坡道的时候，听到了低沉的破风声向这里接近。她将轮椅往后拉，来到草地的中央等待着声音的来源。

最终，一只大型生物从森林的树梢上低空掠过后出现了。这是一头有着巨大双翼，脖子和尾巴颀长的银色飞龙。这是爱丽丝的骑龙，这头将两人从央都带到这里的龙，名字叫做雨缘。

飞龙在草地上空盘旋了两圈后，缓缓地降落到地面，之后收起翅膀伸出脑袋，先用鼻尖在桐人的胸口上碰了碰，然后整个头向爱丽丝靠去。

爱丽丝挠了挠它脖子下方那片带着一丝蓝色的软毛，飞龙从喉咙中发出咕噜噜的低沉声音。

"雨缘，你变胖了呢。湖里的鱼吃多了吧。"

爱丽丝笑着训斥道。飞龙像是有些不好意思地从鼻子里喷了口气，转动长长的身体，向小屋东面的窝走去。之后趴在用枯草铺成的厚厚床垫上，像是要把脖子和尾巴缠起来似的缩成一团。

半年前决定要在这个草地上建造小屋的那一天，爱丽丝将雨缘头上的皮革辔头拿下，解除了拘束术式。她宣布："你已经自由了，回西帝国的飞龙巢穴吧"，但是飞龙不愿离开爱丽丝。

它自己用草做了个窝，白天在森林里玩，还会去湖里抓鱼，但是傍晚时刻一定会回来。明明已经没有神圣术去抑制飞龙那高傲凶猛的性子，使其听从骑士的命令，但是它依然不回自己的故乡，对此爱丽丝也是百思不得其解。

但是，自成为整合骑士以来就一直陪在自己身边的雨缘以其自身意志决定待在爱丽丝的身边，这让爱丽丝感到很高兴，所以没有特意赶走它。虽然有时候它在森林上空飞翔的身影会被村民看到，成为让爱丽丝风评不佳的原因之一，不过爱丽丝已经不在乎了。

对在枯草上发出低沉鼾声的雨缘道了一声晚安后，爱丽丝推着轮椅走进了小屋。

晚饭是用半月豆和肉丸做成的炖肉。豆子有点硬，肉丸则是大小不一，但爱丽丝觉得味道还是不错的。当然，桐人对此不会发表什么感想，只是在勺子伸进他嘴里的时候，才像是想起来了什么似的开始咀嚼，然后吞了下去。

爱丽丝本来还想，如果能知道他喜欢吃什么，不喜欢吃什么就好了。但是仔细想来，她和这个少年说话的时间还不到一天。赛鲁卡似乎在两年前和他在教会里一起生活过一段时间，但按照她的说法，不管做什么菜，桐人都吃得很开心。在爱丽丝看来，这确实像是桐人的为人。

桐人用了很长时间才吃完炖肉，之后爱丽丝把他连同椅子一起搬到小型暖炉旁，才转身去清洗餐具。

当她将洗好的餐具摆放到晾架上时，平时总是安静地一觉睡到天亮的雨缘突然在窗外发出了低鸣。

爱丽丝猛然停下手，竖起耳朵仔细倾听。在穿过森林的夜风之中，混杂着一丝不协调的风声。那是轻薄而巨大的翅膀在风中穿行的声音。

"呃！"

爱丽丝冲出厨房，确认桐人依然好好地坐在椅子上之后才打开了房门。她再次竖起耳朵，判断出破风声正在接近，便来到院子里仰望夜空。

那个在满天繁星的背景下划出螺旋形的轨迹缓缓降落的黑影，毫无疑问就是飞龙。为防万一，她还向草地东面看了一眼，雨缘依然趴在草地上仰望着夜空。

"不会吧……"

就在她思考会不会是暗黑帝国的暗黑骑士越过了尽头山脉，打算回去取剑的时候，看到了龙鳞在月光下反射出银色的光芒，这让她微微松了口气。尽管这个世界很大，但只有公理教会的整合骑士才会驾驭有着银鳞的飞龙。

但是，现在放心还太早了。到底是谁，又是为了什么才飞到这个边境来的呢？难道说，即使经过了半年，大圣堂依然有人坚持要处死桐人这个叛逆者，甚至不惜派人来进行讨伐？

雨缘似乎是感觉到了爱丽丝的紧张，也从窝里爬出，高高昂首叫了起来。不过威吓性的低音很快就消失了，取而代之的是仿佛在撒娇一般的喉音。

爱丽丝很快就明白了原因。

那又盘旋了三圈之后才降落到草地南侧的飞龙，脖子周围的软毛与雨缘的色泽很相似。它正是雨缘的哥哥，名字叫泷刿。也就是说，骑在它背上的是——

看着那个以优雅的动作落到地面，身上穿着银色铠甲的骑士，爱丽丝以生硬的声音说道：

"真亏你能找到这里啊。有何贵干呢，艾尔多利耶·辛赛西斯·萨蒂万？"

唯一一名比身为三十号的爱丽丝编号还要靠后的整合骑士

并没有马上回答，而是先将右手按在胸口，郑重地行了一礼。

随后骑士站直身体，缓缓地脱下头盔。光亮的紫色头发在夜空中徐徐飞舞，有着都市繁华之风的俊美容颜显露出来。他开口说——以一个男人来说，他的声音显得有些尖利与温和：

"实在是久违了，吾师爱丽丝大人。纵使装扮不同，您依然是如此美丽。一想到在今晚如此明亮的月光下，老师那金色的长发会越发熠熠生辉，便让我坐立不定，故手持珍藏的名酒前来拜见。"

他露出之前放在背后的左手，手上握着的正是红酒的瓶子。

爱丽丝忍下叹息，看着眼前这个不知为何成为自己弟子的男人回答道：

"我很高兴你的伤似乎已经痊愈了，但是性格还是没变啊。我现在才发现，你的说话方式和元老长丘德尔金有点像。"

说完，她没有理会"呃"一声叫了出来的艾尔多利耶，转身向小屋走去。

"那、那个，爱丽丝大人……"

"有什么要紧事就进来说吧。没有的话就一个人喝完酒后回央都去。"

爱丽丝抬头看了一眼时隔半年重聚、正在高兴地互相擦着脖子的泷矧与雨缘这对兄妹，快步回到了小屋。

乖乖跟在她身后的艾尔多利耶很稀奇似的环视了一下小屋的内部，最后他的视线停留在低着头坐在暖炉边的桐人身上。最终他并没有针对这个过去和他交战的叛逆者说什么，只是迅速地来到桌子后，为爱丽丝挪出椅子。

"……"

爱丽丝觉得对他道谢是件挺无聊的事情，于是叹了一口气，爽快地坐了下来。艾尔多利耶也自顾自地坐在爱丽丝的对面，将红酒放到了桌子上。在两人对视的时候，他的脸上浮现出一丝阴霾，想必是看到了爱丽丝包扎在右眼上的黑色绷带吧。但是这样的表情迅速地消失，他抬起头抽了抽鼻子。

"好像有什么香味呢，爱丽丝大人。话又说回来，我今天因为出门太急，还没有吃晚饭。"

"你这话'回来'得真够突然的。明明是要从央都飞到边境，还记得带酒却不带干粮，你到底在想什么啊？"

"我曾经对三神起誓，绝对不会再吃那种干巴巴、里面还有虫子蠕动的东西了。如果要靠那种东西来填饱肚子，饿得耗尽天命反而是更好的选择……"

爱丽丝懒得听完艾尔多利耶这种毫无营养的回答，从椅子上站起身，走到厨房将灶台上的铁锅中剩下的炖肉全倒进木盘里，然后拿着盘子走回桌旁。

看着放在眼前的盘子，艾尔多利耶的脸上露出了夹杂着开心与怀疑的表情。

"恕我冒昧，这难道是爱丽丝大人亲手……"

"没错，那又如何？"

"……不，没想到竟能吃到老师亲手做的东西，我现在比您向我传授秘剑的时候还高兴。"

他有些紧张地握着汤匙，将豆子送进嘴里。

看着咀嚼食物的艾尔多利耶，爱丽丝再次问道：

"说起来，你是怎么找到这个地方的？这里与央都的距离让任何术式都无法生效……而且，现在的骑士团应该没有那种闲心往各地派遣飞龙，就为了找我一个人吧？"

艾尔多利耶没有马上回答，只是一边嘟哝着"居然还挺好吃的"一边将汤匙往嘴里送。将盘子里的东西吃得干干净净之后，他才抬起头，用不知道从哪里拿出来的手帕把嘴巴擦干净，直直地看着爱丽丝：

"我是顺着我与爱丽丝大人灵魂上的牵绊找到这里的……虽然我很想这么说，但遗憾的是，这只不过是彻底的偶然。"

他夸张地张开右手。

"在尽头山脉巡回的骑士最近传来消息，说北方的哥布林和兽人正在鬼鬼祟祟地暗中行动。虽然骑士长已经下令让北、南、西的洞窟全部轰塌，但恐怕他们又会不死心地挖出一条路来，所以我就来检查了。"

"洞窟？"

爱丽丝皱起眉头。

在贯穿尽头山脉的四条通道之中，南、西以及卢利特村不远处的北之洞窟都非常狭窄，作为黑暗军团主力的兽人与巨人都无法通过。因此骑士长贝尔库利预料敌军会集中在"东之大门"，但为了以防万一，还是在得到指挥权后立刻破坏三个洞窟。

正是因为这样，爱丽丝才会隐居在这个地方，但如果敌人要挖洞的话，状况就不一样了。卢利特村再也不是和平的边境，而将变成首先爆发战斗的最前线。

"然后呢……你发现黑暗军团的动向了吗。"

"我在洞窟周围飞了整整一天，别说兽人了，就连一只哥布林都看不到。"

艾尔多利耶轻轻耸了耸肩膀继续说道：

"大概是把兽群误认为军队了吧。"

"你检查过洞窟内部了吗？"

"当然了。我还特地从暗黑帝国那边检查，看到洞窟被石头堵得严严实实。要挖开那里需要大部队动手才行。在确认这一点之后，我本想直接回到央都的，但是泷剞突然闹了起来。于是我顺着它的引导来到了这里。老实说，我也很吃惊。这实在太过于偶然……不，应该说是命运的指引吧。"

不知不觉间，艾尔多利耶那种夸张的口气已经消失了，脸上的表情变成了骑士的坚毅，继续说道：

"既然此时有机会再次相见，那么我有责任向您进谏。爱丽丝大人……请回到骑士团吧！对我们来说，您一人的剑比千名援军更有分量！"

爱丽丝垂下眼眸，仿佛在逃避着骑士那坚定的视线一般。

她当然知道。

包裹着人界的脆弱壁垒即将崩溃。而骑士长贝尔库利与新生守备军苦苦支撑的奋斗也是如此。

对于保护并指引着她的骑士长，爱丽丝有还不完的恩情。而对包括艾尔多利耶在内的整合骑士团里的朋友，她也依然有着同伴意识。但是，光凭这些是无法战斗的。

所谓的强大便是意志的力量。在大圣堂之战中，爱丽丝明白了这个事实。意志力既可以像当时的桐人那样颠覆让人绝望的战斗力差距，也可以让最强的神器蒙尘——

"……我做不到。"

爱丽丝以细微的声音回答。

艾尔多利耶那尖锐的声音随即响起：

"为什么？"

没等爱丽丝回答，他那如鞭一般的锐利视线，就已经看向了坐在暖炉旁的年轻人。

"是因为那个男人吗？那个冲破了大圣堂的牢狱，对许多骑士与元老长，甚至是最高祭司大人举起了叛逆之剑的男人，现在依然在扰乱着爱丽丝大人的心吗？既然如此，我就马上斩断这个迷茫的源头。"

爱丽丝用仅剩的一只眼睛瞪着坐在桌边，右手开始用力的艾尔多利耶：

"住手！"

尽管压低了音量，但是这短短的一句话就让骑士的上身猛然后仰。

"他也是为了自己相信的正义而战。否则，为什么我们这些本应是最强者的整合骑士，连骑士长阁下都被他们打败了？直接和他交过手的你，应该更能亲身体会到他所持之剑的分量。"

艾尔多利耶那高高的鼻梁有些不甘地皱起，最后还是缓缓地耷拉下肩膀。他将视线移回到桌上，低声地自言自语着。

"的确，对于阿多米尼斯多雷特大人那要将一半的民众变为剑骨士兵的计划，我也感到无法接受。如果那个少年……桐人和他的朋友尤吉欧没有站出来，应该没人能够阻止这个计划变为现实。而如果真如贝尔库利大人所说，引导他们两人的，是曾与阿多米尼斯多雷特大人并立的另一位最高祭司卡迪纳尔大人，那我也不会在此刻问罪于桐人。但是……既是如此，我就更加不能接受！"

艾尔多利耶仿佛要将以前压抑在心中的想法吐露出来似的

大吼起来：

"如果说反叛者桐人真的如爱丽丝大人所言，是比我们整合骑士更强的剑士，那他现在为何不拿起剑来战斗？为什么要落得这副凄惨的样子，将爱丽丝大人束缚在这个边境！如果他是为了守护民众而弑杀阿多米尼斯多雷特大人，他此时就该马上拿起剑赶往东之大门才是吧！"

艾尔多利耶那仿佛喷射着火焰的话语，似乎没有传入桐人的心中。他那半闭着的双眼中，只有暖炉中那摇曳火焰的倒影。

之后，爱丽丝以平稳的声音打破了厚积的沉默。

"……对不起，艾尔多利耶。我还是没法和你一起走。和桐人的状况没有关系……只是因为我的剑失去了力量罢了。如果现在和你交战的话，我恐怕撑不过三个回合吧。"

艾尔多利耶猛地瞪大了双眼。骑士引以为豪的脸如同孩童一般猛然皱成一团。

最终，他的脸上浮现出了死心的笑容。

"是吗……那么，我也不说什么了……"

他缓缓伸出右手，念出神圣术的起句。之后他用高速咏唱生成了两个晶素，将其变形为两个很薄的酒杯。

他将酒瓶从桌上拿起，用指尖弹飞瓶盖，往两个杯子里各自倒了少许鲜红的液体后，将瓶子放到桌上。

"如果早知道这是离别的酒，我就把秘藏的西帝国产二百年陈酿带来了。"

艾尔多利耶举起一个酒杯一口喝光，又轻轻地放到了桌上。他行了一礼后站了起来转过身去，纯白的斗篷在空中飞舞。

"那么，我们就此别过吧，老师。您所传授的剑技与术法的要诀，我艾尔多利耶永世不忘。"

"保重。我会为你祈求平安。"

爱丽丝只能挤出这么一句话。整合骑士听到之后点了点头，大踏步地离开，靴子落在地板上发出了清脆的响声。他的背影中充斥着无可动摇的自豪，让爱丽丝不由得移开了视线。

门被打开，又关上。前院里传来泷刭高亢的叫声，随后是拍打翅膀的声音。雨缘与哥哥惜别的鼻音刺痛了爱丽丝的心。

有力的拍翅声远去，最终消失在风中，爱丽丝依然呆坐着一动不动。

在用晶素生成的杯子耗尽天命之前，她轻轻地将其拿起倒进口中。时隔半年尝到的红酒，在舌尖上留下的是更甚于甘甜的苦涩。几秒之后，两个空空如也的杯子挥洒出轻微的光芒，消失在空气之中。

爱丽丝把还装着酒的瓶子重新盖好，站起身来。她走到暖炉旁，对默默地坐着的桐人说道：

"抱歉啊，你累了吧。这个时间你应该早就休息了。来，到床上去吧。"

她轻轻扶着桐人的肩膀让他站起，将他带到旁边的寝室。在把黑色家居服换成朴素的睡衣后，让他躺在窗边的那张床上。

爱丽丝将叠在他脚边的毛毯拿起，一直盖到脖子处，但桐人依然半睁着眼睛，一眨不眨地看着天花板。

她吹熄墙上的油灯后，房间里被淡蓝色的黑暗包围。她在桐人身边坐下，轻轻地抚摸着他骨瘦如柴的胸口和瘦骨嶙峋的肩膀。几分钟后，桐人仿佛是失去了动力似的闭上了眼睛。

一直等到桐人的呼吸平定下来之后，爱丽丝才从床上站起，

给自己也换了一身白色的睡衣。她来到客厅，从窗户那里观察了一下雨缘的情况后，熄灭客厅两盏油灯，然后走回寝室。

她掀起毛毯，在桐人一旁睡下，一丝温暖包裹了她的全身。

平时只要一闭上眼睛就能逃进睡梦之中，此时的她却没有什么睡意。

离去的艾尔多利耶背上的那片纯白依然鲜明地烙印在她的眼中，将她的眼睛刺得生疼。

过去，她的背影应该也和他一样充满了骄傲。相信自己的剑可以保护人界，保护生活在其中的人，同时也能保护公理教会的权威，这种不可动摇的信心，化作活力循环在她体内。

但是，这种力量已经一丝都不剩了。

她很想询问艾尔多利耶——询问她过去的弟子，在明白教会与最高祭司的虚伪之后，他到底在相信什么，又为何而战？

但是她做不到。除了爱丽丝和贝尔库利之外，整合骑士们并没有完全知晓最高祭司的可怕企图。艾尔多利耶并不知道，自己的"记忆碎片"就在被封印的大圣堂最顶层，还有那已经成为剑魔像一部分的"最爱之人"。

因此，他依然相信着公理教会本身。等待三女神派遣新的最高祭司来到大圣堂，给予他们正确的指引。

出于无奈，骑士长贝尔库利只能隐瞒一半真相，为即将到来的大战做准备。如果爱丽丝加入到其中，她心中的迷茫一定会影响到其他的骑士。

谁也不知道这支临时组建的守备军能否抵挡黑暗军团的总攻击。如果东之大门被突破了，那些渴求着鲜血的怪物总有一天会来到这个边境的村庄吧。到底怎样才能够避免这个惨剧呢

——每当爱丽丝这样想的时候，脑海里一定会响起一个声音。

在和最高祭司的决战后，桐人倒下之前，那不可思议的水晶板发出的两句话。

——前往World End Altar。

——从东之大门出去后一直往南。

对于"World End Altar"这个神圣语的名字，爱丽丝没有什么印象，但她知道从东之大门出去之后有什么。那是暗黑帝国的荒原，有着如木炭一般漆黑的地面，以及如血液一般鲜红的天空。一旦踏入那里，不管是前进还是后退都不是易事。

就算克服无数困难，穿越黑暗之国，到达那个叫什么Altar的地方，那里又有着什么呢？真的有什么人——或者是什么东西，能够保护人界的居民们不受黑暗军团的侵袭吗？

爱丽丝在枕头上转过脑袋，看着睡在另一边的年轻人。

她在毛毯中挪动着，来到桐人的身旁。在犹豫了片刻后，她伸出手，仿佛因恶梦而害怕的婴儿一般紧紧地抓住了他。

不管她如何用力地拥抱那瘦弱到让人痛心的身体，这个曾以如火焰一般的激情打动爱丽丝内心的年轻人依然没有任何反应。缓慢跳动的心脏不见加快，就连那黑色的睫毛也没有一丝颤抖。也许，待在这里……不，存在于这里的，只是一个灵魂已经燃烧殆尽的空壳罢了。

如果现在她右手上有剑……

也许她会自己将两颗贴在一起的心同时刺穿，结束这一切。

这个瞬间的想法化为眼泪从爱丽丝的眼角流下，落到桐人的脖子上。

"告诉我啊，桐人……怎么办才好……"

她的问话没有得到回答。

"我该……怎么办才好……"

一滴又一滴的泪珠，在从窗帘的缝隙中射入的月光下反射着淡淡的光辉。

12

翌日，10月22日，是入秋以来最冷的一天。

爱丽丝放弃了散步，和桐人一起在暖炉旁度过了这一天。她原本想在冬天真正到来之前，按照卡利塔老人教的那样砍一大堆柴，但似乎已经没有这个必要了。

爱丽丝用了整整一天在两张羊皮纸上写完了信，犹豫片刻后，在以通用语书写的"滋贝鲁库"这个姓下，加上了用神圣语写就的"Synthesis Thirty-one"署名。

她仔细地折好信纸，装进信封，在上面写上赛鲁卡的名字。另一封则是给卡利塔老人的，也被她一起摆在了桌子上。

这是表示告别与道歉的信。既然这里已经被整合骑士艾尔多利耶知道了，那就不能待下去了。下次恐怕就不是艾尔多利耶，而是骑士长贝尔库利来这里劝她了。到时候，爱丽丝真的不知道该如何去回答对自己有着大恩的剑术师父。

所以，她选择了再次逃避。

爱丽丝发出一声悠长的叹息，抬起头，看向坐在桌子对面的黑发青年。

"桐人啊，你想去哪里？我听说西域的高原地带是个很美的地方。还是说南域的密林地带比较好呢？听说那里四季如春，能够找到很多水果。"

她刻意让声音显得开朗，但桐人自然是不会有任何反应。

他那空虚的眼睛呆呆地看着桌子的表面。一想到要让这个受伤的年轻人继续过着流浪的生活，爱丽丝就感到心痛。但是也不能将他留在卢利特村。她不能将桐人托付给只是一个见习修女的赛鲁卡，而且爱丽丝自己也不愿这么做。因为，照顾桐人是爱丽丝活下去的唯一理由了。

"对哦，把目的地交给雨缘来决定好了。该休息了，明天还要早起呢。"

她给桐人换好衣服，让他睡到床上，自己也换上睡衣，熄灯之后也钻进了毛毯里。

她在黑暗中专心地听着身旁的桐人传出的呼吸声。等他彻底睡着了之后，才轻轻地把身子挪过去。

她把头放在桐人那骨瘦如柴的胸口上，耳朵紧紧贴着，倾听那缓缓传来的心跳声。

桐人的心已经不在这里了。心脏的声音也不过是回荡在过去的余音。在这几个月里，每到晚上就紧贴着桐人入睡的爱丽丝一直是这样想的，同时又觉得那心跳声中，似乎还残留着一些什么东西。

如果现在的桐人能够正常思考，只是无法表现出来的话，那么她要如何为现在这样的行为辩解呢？爱丽丝这样想着，嘴角露出微笑，沉入了睡梦的浅渊之中。

紧贴着的身体突然传来了微微的颤动。

爱丽丝艰难地抬起沉重的眼皮。她的左眼向东面的窗口看去，只见窗帘的缝隙中露出的天空还是一片漆黑。从感觉上来看，最多也就睡了两三个小时吧。

看着身体再次颤抖了一下的桐人，爱丽丝轻声说道：

"天还没亮呢……再睡一会儿吧……"

她再次闭上眼睛，抚摸着桐人的胸口上想让他睡着。但在听到那细微的声音后，爱丽丝终于发现了年轻人的异常。

"啊……啊……"

"桐人？"

现在的桐人没有什么自发的欲望。应该不会因为寒冷或者口渴之类的事情醒来。但是年轻人的身体颤抖得越来越厉害，脚也仿佛像是要走下床似的抽动起来。

"怎么了？"

难道他要恢复意识了？爱丽丝这样想着，迅速坐起身，甚至等不及点油灯，直接生成了一个光素。

黯淡的白光照在桐人脸上，只见他的眼睛还是充满了空虚的黑暗，这让爱丽丝失望地叹了口气。既然如此，到底是——

此时，爱丽丝再次听到了什么声音，这次从窗外传来的。

"咕噜噜，咕噜噜噜！"

原本应该在空地角落沉睡的雨缘此时也发出了叫声。声音尖利而高亢，像是在催促主人进行警戒。

爱丽丝跳下床，冲出寝室来到客厅，推开了房门。冷风猛然呼啸而入。原本只有森林香气的风中，此时却混杂着一股奇怪的味道。这种刺激着她鼻腔的味道，是焦臭味——

爱丽丝赤着脚冲进前院，在环视了一遍夜空之后，猛然屏住呼吸。

西方的天空正在燃烧。

那不祥的红色光芒，毫无疑问是巨大的火焰射出的。她仔细一看，还能看到几道黑烟从星空中穿过。

——山火！

这个念头在她心中一闪而过，但很快又否定了。随着焦臭的风传来的细微声音，是金属的碰撞声——以及许多人的哀号。

是敌袭。

暗黑帝国的军团袭击了卢利特村。

"赛鲁卡！"

爱丽丝发出嘶哑的哀号，往家的方向冲去。但是在奔上坡道的时候，她猛然呆立在原地。

妹妹和双亲是必须去救的。

但是其他的村民要怎么办？

如果要尽可能地拯救更多的人，就必须和黑暗军团正面对抗。但是，现在的她还有这样的力量吗？

整合骑士爱丽丝的力量源泉，是对公理教会和最高祭司那盲目的忠诚心。而在这个信仰随着右眼一起失去的现在，她是否还能挥动金桂之剑，行使神圣术呢？

就在爱丽丝僵直在原地的时候——

小屋之中传来了"咣当"的声音。

她猛然睁大了左眼。在昏暗的客厅中，一张椅子倒在地上，黑发的年轻人正在它旁边的地板上爬动着。

"桐人……"

爱丽丝拖着无力的脚走进了小屋。

桐人的眼睛里依然没有意志的光芒。但是，他缓慢的动作有着明显的目的。那只仅剩的手，正笔直地指着挂在墙壁上的三把剑。

"桐人……你……"

爱丽丝从胸口到喉咙的地方都被一种滚烫的东西堵住了。片刻之后她才发觉，是眼泪模糊了她的视野。

"啊……啊……"

桐人发出嘶哑的声音，没有停下动作，只是不停地向剑的方向挪动。爱丽丝猛地擦干眼角，奔向年轻人，将他那瘦弱的身体从地上抱起。

"不要紧，我会去的。我会去救村里的人。所以你放心吧，在这里等着我。"

爱丽丝迅速说完，紧紧地抱着桐人。

砰咚。砰咚。心跳的声音从两人紧挨着的胸口处传来。

这个声音之中，蕴含着即使内心被封闭也绝对不会燃烧殆尽的意志之力。尽管只是微弱的火焰，却让爱丽丝的身体感受到了热量。

紧贴了一会儿脸颊之后，爱丽丝抱起桐人那纤细的身体，让他坐在椅子上。

"等把大家救出来之后，我就马上回来。"

说完，她先将收在柜子里的铠甲与剑带一把拽了出来，直接穿在睡衣外面，然后跑向东面的墙壁，毫不犹豫地拿下爱剑。

已经半年没有拿起的金桂之剑让爱丽丝感到了沉重的分量。她将剑鞘固定在剑带上，在披外套的同时穿上靴子，之后再次跑回前院。

"雨缘！"

她往东边巢穴的方向大喊了一声，一个巨大的身影马上飞了出来，然后将头低下。

爱丽丝跨上它的脖颈，厉喝道：

"出发！"

银色的双翼猛烈地拍打着，经过短暂的助跑，飞龙猛然冲上夜空。

在稍微爬升了一点高度后，卢利特村的惨状就展露在爱丽丝的眼前。燃烧着熊熊火焰的地方大多分布在村子的北侧，看来袭击者果然是从暗黑帝国穿过尽头山脉而来的。

昨天艾尔多利耶曾说，根据贝尔库利的指示轰塌的"北之洞窟"没有异常。如果说从那之后仅仅一天就搬走了那么多的瓦砾，那这次攻击所动员的士兵绝对不止十几二十个。

在过去，就有少数部队趁着黑暗通过贯穿尽头山脉的三个洞窟，在人界兴风作浪。桐人也曾说，他和尤吉欧在前往央都之前，曾经在北之洞窟与哥布林团伙战斗过。但是，爱丽丝从未听说过如此大规模且明目张胆的袭击。看来整个黑暗之国就要对人界发动总攻击了。

虽然缰绳已经没有了，但爱丽丝只是轻轻拍了拍飞龙的脖子，向它传达了暂时滞空的指示。

爱丽丝探出身子，定睛观察村庄的状况。纵贯南北的大路的北侧此时正火光漫天，清晰地照出了袭击者们的身影。那是一群一路奔跑跳跃的灵敏的哥布林，而在他们身后，身材高大的兽人们也正在不断逼近。

中央广场的北面不远处建立了一个用家具和木材堆积而成的临时防线，但此时哥布林部队的前锋已经到达了那里，隔着障碍物拼杀的刀剑不时地反射着光芒。

应战的是村里的卫士队，但不管是人数、装备还是训练程度，都远远不及哥布林本部队。再这样下去，等后方那些将大地踩得轰响的兽人部队到达，防线就会瞬间粉碎。

爱丽丝忍住现在马上下去参战的想法，继续观察着状况。

村子的东侧与西侧也开始有几个地方出现了火光。不过广场以南似乎还平安无事。看来除了卫士之外，村民们——当然也包括赛鲁卡在内——都已经从南门逃走，进入森林避难了吧。

爱丽丝这样想着，再次仔细观察广场的时候，不由得叫了出来。

"为什么……"

在教会前的圆形广场上，无数的人影将中央的喷泉围得严严实实。因为人数太多，反而让爱丽丝没法马上察觉。恐怕卢利特村的所有人都在那里了。

为什么，他们没有逃往村外？

如果袭击者的大部队抵达防线，卫士们就会被瞬间冲散。如果现在不马上转移，根本就无法避难了。

爱丽丝再次拍了拍飞龙的头，让它前进到广场的正上方后叫道：

"雨缘，在我叫你之前待在这里！"

然后她从几十梅尔的高度上一跃而下。外套的衣角在风中飞舞，穿过夜晚的冷风向地面落去。

三百名左右的村民结成了一个圆阵，外圈安排了拿着锄头和镰刀的男人，看来还有点应战的意思。有两个人还在一旁不停地发出指示，而爱丽丝就落在这两人身旁。

随着犹如雷鸣的响声，石砖上出现了放射状的裂痕。强烈的冲击从脚跟直冲头顶，可能连天命都减少了一些，但带来的效果也很显著。

两个男人——富农奈格尔·巴尔波萨，以及卢利特村村长卡斯弗特·滋贝鲁库似乎都被这个突然从天上掉下来的人影吓傻了，一句话都说不出来。

爱丽丝在看到父亲的脸之后也感到一丝痛苦，但她没有浪费此时这短暂的寂静，大声喊道：

"这里没法防住它们的！马上让所有村民沿着南方的道路避难吧！"

听到爱丽丝的指示，两个男人的表情变得更加惊讶。

但是，奈格尔很快就回过神来，发出了粗犷的怒骂。

"说什么蠢话！怎么能放弃房子……放弃村子逃走啊！"

爱丽丝语气尖锐地反驳着额头青筋暴起的富农：

"现在马上逃跑的话还不会被哥布林追上！钱和命到底哪个重要?!"

奈格尔顿时语塞，而村长卡斯弗特则以紧张而低沉的声音说道：

"是卫士长吉克要我们在广场组成圆阵固守的。现在这状况，就算是我这个村长也要听从他的命令，这是帝国的法律。"

这次则是爱丽丝哑口无言了。

在出事的时候，担任卫士长天职的人会暂时代替村子和城镇的长官，获得所有居民的指挥权。诺兰卡鲁斯北帝国基本法里确实有这么一条法律。

但是，那个名为吉克的卫士长，是个刚从父亲那里接过天职的年轻人。爱丽丝可不认为在这样的异常状况下，他还能做出冷静的指挥和判断。而从卡斯弗特脸上那浓郁的焦躁之色来看，他似乎也是这么想的。

即使如此，帝国的法律对于村民们来说还是至高无上的。若要马上开始避难，就只能去北侧的防线找到可能正在指挥战斗的吉克，让他改变命令才行，但现在已经没有这种时间了。

怎么办。该怎么办——

就在此时，茫然的爱丽丝听到了一个依然带着稚气，却又坚毅无比的声音。

"按照姐姐说的做吧，父亲！"

爱丽丝猛然转过头去，只见一个小个子修女正在人墙后用神圣术为村民治疗烧伤。

"赛鲁卡！"

你没事真是太好了——爱丽丝这样想着，正要往亲爱的妹妹那里走去时，赛鲁卡却先站了起来，钻过人墙的缝隙来到三人面前。

她向爱丽丝露出了笑容，但很快又换上严肃的神情，向卡斯弗特说道：

"父亲，姐姐可曾说错过什么？不，连我也知道。再这样下去，所有人都活不了！"

"但是……"

卡斯弗特一脸苦涩地陷入了沉默，混杂着几点斑白的胡子微微颤抖，视线呆滞地在空中游移。

奈格尔·巴尔波萨反而再次怒吼：

"小孩子少来插嘴！要保护村子！"

巴尔波萨用充满血丝的双眼看着那栋建在广场附近的自家房子。他的脑子里想的一定是秋天刚收获的无数小麦，以及多年来存下的金币吧。

富农的视线回到爱丽丝与赛鲁卡身上，突然以刺耳的声音大喊起来：

"对……对啊，我知道了！将黑暗之国的怪物招来村子的就是你吧，爱丽丝！一定是你以前在穿过尽头山脉的时候，被黑暗之力污染了！魔女……这个女人是可怕的魔女啊！"

在他那粗大手指的指点下，爱丽丝说不出话来。村民们的议论声，防线上传来的刀剑交错声，以及从北方向这里逼近的魔物们发出的喧嚣声，仿佛都在瞬间离她远去。

自从在村外开始生活，爱丽丝在奈格尔的请求下砍倒了很多森林里的巨树。每次这个男人都会扭着身躯感谢她。但此时，只是为了守护自己的财产而说出这种话，简直是——

爱丽丝将视线从这个表情如兽人一般丑恶的中年男人身上移开，在内心自言自语着。

——随便你们吧。

——我也会做我想做的事情。带上赛鲁卡、卡利塔老人、父母以及桐人离开村子，去找一个新的居所。

她咬紧牙关，闭上眼睛。

但是，思考仍在继续。

——但是，奈格尔·巴尔波萨和其他的村民们之所以会如此愚昧，也是公理教会持续数百年的统治所造成的。

教会用以《禁忌目录》为首的无数法律与规定束缚民众，在给了他们如温水一般的安宁时，也在不断地夺走重要的东西。

那便是思考的力量，以及战斗的力量。

在近乎无限的岁月中，被不断收割走的那种无形力量，到底是储存在哪里？

就在那仅有三十一人的整合骑士之中。

爱丽丝深深地吸了一口气，又缓缓吐出，然后以仿佛会发出钢铁之声的势头睁开左眼。

她面前的奈格尔仿佛看到了什么可怕的东西，脸色瞬间变得苍白。

相反，爱丽丝像是感到一股奇异的力量渐渐地在身体的深处涌现出来。一种平静却又无比炽热，如蓝白色火焰一般的力量。那是她本以为在大圣堂最顶层的决战后就已经失去的——让桐人、尤吉欧以及爱丽丝能够直面人界最强统治者的力量。

爱丽丝深吸了一口气，做出了宣告：

"卫士长吉克的命令就此废弃。马上命令集合在这个广场里的所有村民，以拿武器的人打头阵，向南方的森林撤退。"

她的声音很平静，但是奈格尔像是被一只看不到的手击打着似的，上身向后仰去。即使如此，他依然以颤抖的声音反驳着，从这点来看，他的胆量倒是值得称赞。

"你、你有什么权限啊，一个被赶走的小丫头，还敢……"

"骑士的权限。"

"骑……骑士的权限是什么？这个村子里可没有这种天职！不过是会耍两手剑，居然敢自称是骑士，如果被央都的骑士大人们知道的话……"

爱丽丝直直地盯着飞溅着唾沫不停叫喊的奈格尔，伸出左手抓住了外套的右肩。

"我是……我名为爱丽丝——是圣托利亚市区监管者，公理教会整合骑士第三位，爱丽丝·辛赛西斯·萨蒂！"

在高声报出名号的同时，她将外套从身上扯下。

在覆盖着全身的厚布被除下之后，金色的铠甲和金桂之剑在熊熊燃烧的火焰下，反射着闪亮的光芒。

"什……整、整、整合骑士？"

奈格尔发出完全变调的声音，往后一屁股跌坐在地上。卡斯弗特也瞪大了双眼。

爱丽丝报出的名号不可能是假的。因为在这个世界里，敢诈称整合骑士——即否定公理教会权威的人不可能存在。真要说的话，恐怕也只有桐人和爱丽丝两个了。但即使逃出了央都，爱丽丝还是没有舍弃那把身为骑士证明的剑。

周围原本议论纷纷的村民猛然陷入了沉默。就连北面防线的刀剑交击声，还有卫士和哥布林的吼叫都仿佛变得无比遥远。

第一个打破沉默的，是赛鲁卡的低语。

"姐……姐？"

爱丽丝的左眼看向双手紧握在胸前的妹妹，露出了温和的微笑。

"之前都瞒着你，真是对不起，赛鲁卡。这就是我被赐予的真正惩罚，也是——我真正的责任。"

听完她的话，赛鲁卡的眼中浮现了泪光。

"姐姐……我……我一直都相信你。姐姐你不是罪人。你还是……那么美丽……"

第二个回过神来的是卡斯弗特。

村长迅速跪在地上，石板都发出了响声。他低着头，以宏亮的声音大喊：

"谨遵您的命令，整合骑士大人！"

然后他迅速站起，转身向背后的村民们发出简洁的指示：

"全体起立！拿武器的人打头阵，向南门跑！"

原本呆站着的村民们瞬间开始不安地骚动起来。但这阵骚动仅仅持续了片刻。村民们本就不可能反抗村长的命令，更别说他还得到了整合骑士的授意。

固守在外圈的强壮农夫们站起身，催促着妇女、孩子以及老人们也站起来。爱丽丝叫住准备加入先头部队的卡斯弗特，压低了声音说道：

"父亲，她们……赛鲁卡和母亲就交给你了。"

卡斯弗特脸上那严肃的表情摇动了一下，以同样短短的一句话回应道：

"骑士大人，你也要保重。"

想必这位父亲永远再也不会用"女儿"这个词来称呼爱丽丝了吧。这也是所得力量的代价。爱丽丝将此铭记于心，在赛鲁卡的背后推了一下，让她和卡斯弗特一起走。

"姐姐……别勉强自己。"

爱丽丝微笑着对眼泛泪光的妹妹点了点头，转身朝向北方。在她背后的村民们则开始了行动。

"啊……啊啊……我的……我的房子啊……"

呆坐在地上的奈格尔·巴尔波萨可怜巴巴地呻吟着，来回看着奔跑的村民们和即将遭到烈焰吞噬的房子。爱丽丝懒得再去理他，开始将注意力放在这个村子上。

虽然成功地让村民们开始了行动，但毕竟有三百个人，要让所有人都逃离村子还需要一些时间。可防线眼看几近崩溃，东西两面都传来了敌人向这里逼近的脚步声。

此时，广场北面传来了一阵年轻男人惨叫一般的大喊声：

"不行了！撤退！撤退！"

应该是卫士长吉克的声音吧。听到他的叫喊，奈格尔·巴尔波萨立刻站起身，责问起爱丽丝来：

"看啊……你看到没有！应该待在广场防守的！会被干掉的！所有人都会被干掉的！"

爱丽丝耸了耸肩，冷静地反驳道：

"没问题。有这么大的空间，足够让我拦住它们了。"

"怎么可能！这种事情怎么可能啊！就算……就算你真的是整合骑士，面对那么多的恶鬼，你一个人又能做些什么！"

从东西两面向这里前进的哥布林已经近在眼前，奈格尔依然还在大喊大叫。爱丽丝再次无视了他，向后方看了一眼。还有一些村民没离开广场，但是距离爱丽丝所在的中心点已经有了一段距离。

爱丽丝一把抓住奈格尔的衣领，把他推到了南边。然后她将那只手笔直地举向夜空，高声呼喊着爱龙的名字。

"雨缘！"

上空随即传来一阵猛烈的咆哮，回应了爱丽丝的呼唤。她将举起的右手从西向东挥下，大喊道：

"焚烧殆尽！"

犹如暴风一般的振翅声自上方传来，呆站着的奈格尔，以及冲进广场的异形亚人——哥布林们同时抬头向上方看去。

巨大的飞龙迅速落下，在被火光染红的夜空中划出一道黑影，随后它大大地张开了嘴。在它喉咙的深处，闪烁着蓝白色的光芒——

轰！

随着一声巨响，耀眼的光芒迸射而出。打在西面道路上的热光从站在广场南侧的爱丽丝与巴尔波萨眼前掠过，一直横扫到东面道路上。

仅过了一瞬间。

熊熊的火焰顺着这条直线猛然爆发出来，直冲云霄。被火焰吞噬的哥布林们发出尖利的惨叫，高高地飞到空中。

飞龙瞬间消灭了超过二十名袭击者，那束热光也同时蒸发了广场中央的喷泉，周围升腾起了白烟。爱丽丝对从头顶飞掠而过的雨缘作出继续待命的指示后，向背后看了一眼。

奈格尔·巴尔波萨再次倒在了地上，像是被吓到了似的，眼睛仿佛要瞪出眼眶。

"什……什么……飞……飞、飞龙？"

就在爱丽丝还在考虑怎么处置这个脸颊抽搐的中年男人时，一阵狂奔的脚步声从蒸汽的对面传来。出现在爱丽丝面前的，是穿着成套皮甲的卢利特卫士队。就结果来说，提前撤退是一个明智的判断。十几个卫士全身上下都是伤，但看起来没有人受重伤。

而尽职尽责地为他们殿后的，是一个高大的年轻人——卫士长吉克。在看到广场几乎已经空空荡荡时，他惊讶地大喊道：

"村、村子的人都去哪儿了？不是让他们在这里固守吗？"

"我让他们撤退到南方的森林了。"

爱丽丝回答之后，他才像是刚看到她似的眨了眨眼。他把爱丽丝从头到脚地来回看了几遍，才一脸茫然地说道：

"你是……爱丽丝？为什么你会……"

"没时间说明了。卫士们都在这里吗？有没有人掉队？"

"哦……哦哦，应该没有……"

"那你也和他们一起走吧。哦，那边的巴尔波萨先生也交给你了。"

"但、但是……它们已经快……"

还没等他把话说完——

"吱！"

粗犷的吼声响彻了整个广场。

"在哪儿！那些白伊武姆逃到哪儿去了！"

冲破浓雾进入广场的，是一群穿着粗糙的板甲，右手握着犹如铁块的大刀，头上竖着长长羽毛的哥布林。它们和之前出现在侧面，被雨缘的火焰烧掉的那些哥布林似乎属于不同的种族，体格更加健壮一些。

爱丽丝注视着亚人们，右手握上爱剑的剑柄。飞龙的热光无法连发，在雨缘再次积蓄好热素之前，爱丽丝必须独自迎战这些敌人。

一只哥布林看到身穿金色铠甲的爱丽丝，发着黄光的眼中随即浮现出杀意与欲望，猛然大吼：

"吱！伊武姆的女人！杀！杀了吃掉！"

爱丽丝平静地看着那以长得出奇的手挥舞着大刀直直向自己冲来的亚人，在心里低语着。

——这是得到了多么可怕的力量啊，仿佛让人觉得其存在本身便是罪孽。

她指的，是成为了整合骑士的自己。

"吱——"

爱丽丝轻轻伸出左手，接住了对方高高跃起后劈下的大刀。尽管赤裸的手掌感受到了沉重的冲击，但是别说骨折了，连一点破皮都没有。她用五只手指抓住厚重的刀锋，将它握得粉碎，仿佛手里只是一块薄冰。

还没等那粉碎的金属片落到地上，她就已经用右手拔出金桂之剑，在哥布林的身体上横扫而过。

金黄色的剑风将后方正在接近的三只哥布林也卷了进去，厚厚的水蒸气也瞬间被吹散。四个敌人一开始还仿佛不知道发生了什么似的瞪着黄色的眼睛，然后一声不吭地断成上下两截，掉在了地上。

爱丽丝后退一步，躲过随后高高喷起的血水，再次在心中喃喃自语。

——最高祭司阿多米尼斯多雷特，你果然错了。

——你将这么强大的力量集中在仅仅三十个整合骑士身上，封锁了他们的意识，将他们变成了你操纵的人偶，你想以此来掌握本应由人界中所有人分享的力量。但是，过于失衡的力量，会让其拥有者以及其身边的人感到迷茫。就好像你那样，被过于强大的力量吞噬，甚至失去了人类的身份……

最高祭司已死，如今已无法再纠正这个错误。

那么，至少要让这份力量为人民所用。

不是以公理教会整合骑士的身份，而是身为一个剑士，自己去思考，以自己的意志去战斗。就像过去那两个勇敢的剑士所做的那样。

爱丽丝保持着挥剑的姿势，毅然睁开了紧闭的左眼。

与此同时，广场北面筑起的临时防线被彻底破坏了。

侵略者的大队大举入侵，将宽阔的道路堵得严严实实。里面有超过五十只的哥布林，然后还有数量虽少，但身形庞大、穿着厚厚铁甲、拿着巨大三叉戟的兽人。

看着黄色的眼中闪烁着寒光，以充满了憎恨与欲望的声音大吼大叫的敌人，包括吉克在内的卫士们以及奈格尔·巴尔波萨都发出了绝望的哀号。

然而，爱丽丝的心却静如止水。

并不是因为自恃有着整合骑士的战斗能力。在如此多的敌人包围下，被它们用长枪从四面八方一起发动攻击，就算拥有骑士级别的身体能力也会受重伤。

给予爱丽丝力量的，只是一个全新的认识。

——今后，我将为我追求的事物而战。为了保护妹妹、父母，以及桐人和尤吉欧所守护的人界之民而战。

爱丽丝真切地感受到，残留在内心深处那些对自己的疑惑与无力感，都在白光之中被蒸发殆尽。这光芒在体内循环，最终集中到被黑色绷带覆盖的右眼，产生了巨大的热量。

"！"

爱丽丝咬牙忍住了从眼眶直贯后脑勺的剧痛。然而这疼痛，显得如此怀念，如此忧伤。爱丽丝用左手抓住缠在头上的绷带，一口气将它扯了下来。

自那天起闭合了半年之久的右眼轻轻睁开。在昏暗的视野正中，一道红色的光芒呈放射状扩散开来，最终变成了摇曳的火焰。它仿佛是左眼中那片熊熊烈火的重影，然后两者的距离越来越小——最终完全重合到了一起。

爱丽丝用双眼看着左手握着的黑布。

这条经过她反复洗涤、已经褪色的眼罩，是桐人撕下自己的衣服做成的。在右眼珠随着封印解开后的这几个月里，这条布一直保护着她的右眼，但现在它的天命似乎终于迎来了极限，从边角开始慢慢融化在了空气之中。看着这虚幻而又美丽的景象，爱丽丝恍然大悟。

她原本以为，这半年里是她在照顾着失去了右臂和心的桐人。但是，被守护的人其实是她自己。

"谢谢你，桐人。"

爱丽丝吻着即将消失的黑布低语着。

"我已经没事了。虽然今后我还会有更多的迷茫，更多的烦恼，更多的挫折……但是，我依然会向前迈进。去追求你和我都在追求的东西。"

在布完全消失的时候，她猛然抬起头来。

在她的双眼注视下，近百只的哥布林与兽人正在胡乱地吼叫着冲进广场。背后则传来了卫士们与奈格尔·巴尔波萨逃跑的脚步声。

尽管是孤身一人面对敌军，但爱丽丝的心中已经无所畏惧。

她深深地吸了一口焦臭的空气，大喊道：

"我乃人界的骑士爱丽丝！只要我还在此处，就绝不会让你们得到渴求的鲜血与杀戮！现在马上穿过洞窟，回到你们的国家去！"

仿佛是被那凛然而响亮的声音压住了势头，跑在最前面的哥布林们微微放慢了速度。但随后，一个看起来在部队中担任头领的高大兽人挥舞着双手斧，发出残忍的吼叫：

"嘎啊啊啊啊！！不过是一个白伊武姆的小丫头，看我'砍脚的莫力卡'大爷马上打得你跪地求饶！"

这个声音让哥布林们再次鼓起了劲。面对化为黑色波浪向这里逼近的敌军，爱丽丝等他们来到一个适当的距离后——

"雨缘！"

几乎是在喊出名字的同时，上空的巨大身影就急速下落。虽然还未能存储足够的热素来释放热光，飞龙依然能够用它的巨大身躯和如雷的吼叫威吓亚人们，从距离它们头顶极近的地方掠过。受到惊吓的敌军比刚才更加慌乱了。

爱丽丝没有放过这个机会，她将握在右手上的金桂之剑高高举起，大喊：

"——Enhance armament！"

尽管爱丽丝已经半年没有咏唱过"武装完全支配术"，而且她还省略了术式的主体，但是爱剑依然回应了爱丽丝的意志。金色的剑身随着清澈的金属音化为无数细小的刀刃，反射着火焰的光辉，飞舞在夜空之中。

"尽情飞舞吧——花瓣！"

金色的花瓣风暴发出沙沙声落入敌军之中。

第一个全身被血雾包裹的，就是那个自称莫力卡的兽人头领。他全身被好几朵花瓣贯穿，瞬间耗尽了天命，向后倒在地上，发出了沉重的响声。而他周围的兽人们也一个接一个地发出哀号，倒在了地上。

金桂之剑，来源于那棵自创世时便植根于人界中心、整个世界最为古老的树木，堪称神器中的神器。"永恒不灭"这个称号没有丝毫夸大，就算将它用武装完全支配术分离为几百片花瓣，每片花瓣的优先度也都能与工匠锻造的名剑媲美。根本不是粗糙的铸铁铠甲所能防御的。

在失去了包括头领在内的主力部队后，侵略者们动摇了。冲锋的势头慢了下来，只踏进了广场十梅尔左右就停下了脚步。

当冲在最前面的哥布林还在迷茫到底是要遵从欲望还是遵从恐惧之时，爱丽丝猛地挥动了右手的剑柄。随着"沙"的一声轻响，几百片花瓣在空中飞舞，在爱丽丝和敌军之间排成了紧密的竖条。

爱丽丝在那闪耀着金光的栅栏后盯着亚人们，平静地宣示：

"这就是隔绝人界与黑暗之国的壁垒。就算你们挖开了洞窟，只要我们这些骑士还存在于世，就不会让你们玷污这片土地！选择吧——是要前进并倒在尸山血海之中，还是要后退逃回黑暗之国！"

不到五秒后，队伍前方的哥布林就迅速地转头逃走了。

13

密集的锤声合奏，飘扬在蔚蓝清澈的冬季天空之中。

爱丽丝将手搭在额头上，遥望麦田的另一头拔地而起的卢利特村。

今天距离黑暗军团的袭击已经过去了一周。

建在村子北侧的房子被烧掉了不少，但村长下令让几乎所有村民暂时停止天职参与重建工作，因此现在正在迅速地恢复原貌。不过遗憾的是，有二十一名村民因为来不及逃跑而丧命。三天前，村民们在教会为他们举行了一场庄严的集体葬礼。

爱丽丝在受邀参加葬礼之后，便骑上飞龙前去检查北之洞窟的状况。

原本应该在贝尔库利的命令下轰塌的漫长洞窟，此时已经被挖开了一条足以让兽人的巨大身躯轻松通过的通道，距离暗黑帝国最近的那一带还有着长时间扎营的痕迹。

袭击者们并不是在一夜之间打通洞窟的。恐怕是暗黑帝国将一群工兵送进去之后，再次弄塌了入口处。在整合骑士艾尔多利耶检查入口的时候，就已经有一大群哥布林潜伏在内部，开始慢慢地进行作业了。

以前的哥布林和兽人根本没有如此周全的考虑，如此深的心机。从这点也可以看出，这次的侵略根本不是之前多次重复过的单纯的侦查行为。

爱丽丝并没有再次弄塌洞窟，而是来到过去的白龙巢穴，将中央涌出的小河暂时堵住，让洞窟内部被彻底淹没。然后她解放了事先生成的无数冻素，并非以岩石，而是以冰块将洞窟封印了起来。

这样一来，除非有和爱丽丝同等水平的术者用热素将冰融化，否则谁都不可能通过洞窟。

她将视线从卢利特村和卢利特村后方耸立的白色尽头山脉上收回，将手上拿着的最后一个行李袋绑在雨缘的左脚上。

"那个……姐姐……"

之前一直在以开朗的笑容帮爱丽丝做旅行准备的赛鲁卡此时却低下了头，说道：

"父亲他……其实是想来送你的。从今天早上开始，他就一直心不在焉……我觉得，看到姐姐回来，他其实是很高兴的。我希望你至少要相信这一点。"

"我知道的，赛鲁卡。"

爱丽丝抱紧妹妹那娇小的身躯，低声回答道：

"我以大罪人的身份离开了这个村子，又以整合骑士的身份归来。但是，下次……总有一天，等我完成所有的使命之后，会以纯粹的爱丽丝·滋贝鲁库的身份回来。到那时候，我应该就能说出那句'父亲，我回来了'吧。"

"嗯……一定会有这么一天的。"

赛鲁卡呜咽着说完，抬起头，用修道服的袖口用力擦擦脸。

随后她转过身，用最为开朗的声音，向坐在旁边那个轮椅的黑发年轻人说道：

"桐人你也要保重啊。赶快好起来，去帮爱丽丝姐姐的忙。"

年纪尚小的修女抱住桐人那垂下的头，结出祝福的印记后，往后退了几步。

爱丽丝来到桐人身边，轻轻地将两把剑从他手上拿起，收到雨缘鞍旁的行李袋里。随后她轻松地将瘦削的年轻人抱起，让他坐到龙鞍的前面。

她也考虑过将桐人托付给赛鲁卡照顾，让他留在村子里。因为在前往那恐怕会成为决战之地的东之大门后，爱丽丝就要忙于人界守备军的工作，无法像之前那样整天陪在桐人身边。

但是，她还是想把桐人带走。

在一周前那个敌人来袭的夜晚，桐人确实是想拿起剑奔向村庄。他心中还残留着要为他人而战的意志。那么，想必只有在守护人界的战场上，才能发现让他找回自己心灵的契机吧。

如果有什么万一，哪怕是将他绑在自己背上去战斗，也要保护好他。

爱丽丝最后又一次紧紧抱住了亲爱的妹妹。

"那我走了，赛鲁卡。"

"嗯。路上小心……一定要回来啊，姐姐。"

"我答应你。帮我向卡利塔先生问好。你要保重，要好好学习啊。"

"我知道。我一定会成为出色的修女……那样的话，总有一天，我……"

赛鲁卡没有再继续说下去，而是用哭得一塌糊涂的脸露出了一个笑容。

爱丽丝轻柔地摸了摸妹妹的头，放开了她的身子。她忍住自己的留恋，来到爱龙身边，坐到桐人的身后。

她对地面上的妹妹点了点头，看向湛蓝的天空。

在轻轻挥动缰绳之后，飞龙以仿佛不把背上的两人三剑当一回事的强大力量，在麦田中的小道上开始了助跑。

总有一天，她会回到这个村子。

就算倒在了战场之上，心也一定会回来。

爱丽丝擦去睫毛上的泪珠，发出一声厉喝。

"驾！"

呼。

身下传来一阵浮游感，她离开了地面。

乘上了上升气流的雨缘回旋着直冲云霄。

爱丽丝将广阔的农田与森林、重新建起新房，熠熠生辉的卢利特村，以及挥舞着双手，拼命奔跑着的赛鲁卡深深地烙印在脑海里，然后——

牵动飞龙的头，向东方的天空飞去。

第十六章　Ocean Turtle袭击 公元2026年7月

▶1

就算是自诩为超一流天才的比嘉健，也未能预测到这两小时里发生的各种事情。

现在比嘉看到的，是这些事之中堪称最让人吃惊的情景。

一个年龄在十八九岁的弱质少女，用纤细的右手狠狠地揪起比自己高了十五厘米的男人的衣领。有着华丽花纹的夏威夷T恤绷紧得几乎破裂，拖鞋的后脚跟已经离开了地面。

结城明日奈用闪着光芒的双眼死死地盯着菊冈诚二郎二等陆佐，用那可爱的嘴唇发出了如刀锋般锐利的话语：

"如果桐人没能恢复意识，我绝对饶不了你。"

从比嘉的位置来看，菊冈的黑框眼镜反射着天花板的灯光，看不清他的表情。但这个柔道和剑道都是黑带的干部自卫官此时似乎也因明日奈的话语而吃了一惊。他抽动了一下喉咙，举起了双手表示投降。

"我知道了。我会负起责任，一定让桐人恢复。"

昏暗的副控制室中充斥着让人神经紧绷的沉默。

不管是坐在控制台前的比嘉，还是站在旁边的神代凛子，抑或是留在房间里几百名RATH工作人员，都说不出话来。由此可见，此时从这位在场所有人中年纪最小的少女身上散发出的气势有多么惊人。原来如此，那个女孩子可是从真正的战场上回归的"生还者"（Survivor）啊。

啊——这个想法从比嘉的脑海中闪过。

最终，明日奈默默地放开了右手。被放开的菊冈几乎快要跌坐在地上，在他深呼吸了一口气后，明日奈也摇摇晃晃地向后倒去。凛子慌忙冲了过去，扶在她的背后。

这位女性物理学家当年在研究所里是比嘉的前辈，她将明日奈紧紧抱在怀中，用坚定的口气低声说道：

"没事的。一定没事。他一定会回来的，回到你的身边。"

听到她这样说，明日奈那紧绷到极限的表情猛然崩溃。

"……嗯。一定会的。对不起……我乱了方寸。"

明日奈在袭击最猛烈的时候也没有流泪，此时眼角却浮现出了泪光。凛子轻轻地用指尖帮她拭去。

气氛终于有所缓和，但在手动打开滑动门的声音传来时再次变得紧张。一等海尉中西冲进了副控制室。

中西身上那件白衬衫已经被汗和尘土弄得一塌糊涂，肩挎枪套中露出大型手枪的枪柄。他看了凛子她们一眼后，用很干脆的声音向站在她们后面的人说道：

"报告！第一、第二耐压隔离墙已经完全封锁，非战斗人员也已全部撤退到船首区域！"

菊冈整理着衣服的领口走上前来，对他点了点头：

"辛苦了。隔离墙能坚持多久？"

"嗯……这要看那帮人带的是什么装备了，不过以小型武器是无法破坏它的。就算以切割锯之类的工具进行切割，最少也要花八个小时。如果使用爆炸物的话倒是有可能破坏……不过这应该不大可能。毕竟离中央隔离墙已经很近了……"

"那里有光立方集群啊。"

菊冈接过中西的话，将眼镜的鼻夹往上推了推，陷入了短暂的沉思。

他很快就抬起头来，环视了一下狭小的副控制室。

"很好，整理一下现在的状况吧。中西一尉，报告一下人员伤亡情况。"

"是。民间项目组的研究员有三名轻伤，现在正在船首的医务室进行治疗。自卫队的战斗人员有两名重伤，两名轻伤。一样正在治疗，目前没有生命危险。包括两名轻伤者在内，能够战斗的人总共有六名。"

"遭到那么猛烈的攻击却没有出现死者，实在是侥幸……接下来报告一下船体的受害状况。"

"底部船坞的操作室已经千疮百孔，应该无法通过遥控进行关闭了。从船坞通往主控制室的通道也是一样，不过基本算是不痛不痒。严重的是主电源线被切断了……副电源线虽然也可以向各个区域稳定提供电力，但是不重启控制系统的话，就无法转动螺旋桨。"

"简直就是没了鳍的海龟啊。而且肚子还被鲨鱼咬得死死的……"

"是的。下轴从第一到第十二号的所有区域以及船坞都被完全占据了。"

头发剃得很短，容貌十分刚毅的中西在说这句话的时候不甘心地皱起了眉头。菊冈则是将长长的刘海向上梳起，像个教师一般坐到旁边的控制台上，在脚尖上晃着拖鞋。

"主控制室和第一STL室，以及反应堆都被控制住了吗？不幸中的万幸，他们的目的并非破坏。"

"呃……是这样吗。"

"如果只是想破坏，没必要用这种甚至出动了潜艇的大型突击战斗，只需要发射巡航导弹或者鱼雷就能解决了。现在的问题是，他们究竟是什么人……比嘉君，你有什么意见吗？"

听到他突然提到自己，比嘉眨了几下眼，好不容易才重新启动还沉浸在冲击中的大脑。

"啊……对哦，嗯……"

他一边嘀咕着毫无意义的话，一边重新看向控制台，用右手操作鼠标，在正面的大屏幕上调出船内监视摄像头的录像。

打开的视频文件昏暗而不鲜明，比嘉随便拉了一个地方暂停，然后调节起亮度和对比度。画面上浮现出了弯着腰在船内通道中前进的几个人影。他们穿着全身漆黑的战斗服，头盔上带有覆盖了上半张脸的多功能眼镜，手上拿着吓人的突击步枪。

"嗯，就如你们看到的那样，不管是他们的头盔上还是衣服上都没有国旗之类的识别标志。装备的颜色和外形看起来也不像是正规军。手上的步枪像是斯太尔的，不过这种枪很泛滥……能够肯定的是，从平均体格来看，恐怕不是亚洲人，不过也就这些了。"

"也就是说，他们至少不属于我国的特殊部队。这还真是值得高兴。"

菊冈说出这么一句充满着危险气息的话后挠了挠下巴。平时温和眯起的眼睛，此时放射出锐利的光芒，仰视着大屏幕。

"然后还有一件事是可以确定的。他们知道Alicization计划的存在。"

比嘉点头同意了他的意见。

"嗯，这一点是肯定的吧。毕竟他们是从船底的船坞冲进来的，直接冲上了主控制室。说白了，他们的目的就是夺取STL技术……不，是真正的自下而上型人工智能'A.L.I.C.E'。"

也就是说，情报的泄露一直极为严重。不过比嘉没有说出这句话，也压抑住将副控制室里所有RATH员工的脸全部确认一遍的冲动，故意以乐观的口气继续说道：

"还好来得及封锁主控制室啊。比起对控制台进行物理破坏，这样更能让他们无法对Under World进行直接操作。现在他们无法介入模拟进程，也无法将保存了'爱丽丝'摇光的光立方取出。"

"但是，这对我们来说也是一样吧。"

"是一样啊。就算是在副控，也无法以管理员权限进行操作。现在不管是主控^{那边}还是副控^{这边}，都无法从外部将'爱丽丝'的光立方弹出。不过菊先生，这样一来就等于是我们赢了吧？他们无法通过物理手段和电子手段连接集群，只要等负责护卫的宙斯盾舰派来援军，那帮人就没戏啦，没戏。"

"虽然我不知道没的是什么戏……但问题就在这里。"

菊冈保持着严肃的表情向中西问道：

"如何，'长门'能行动吗？"

"呃……这个……"

"长门那边说，横须贺的舰队司令部下令，让他们保持现在的距离待命。司令部似乎作出了我们已经成为袭击者的人质的判断。"

"什么……"

比嘉仿佛一下子掉了下巴。

"人质？但是所有人员都已经撤退到耐压隔离墙的这一头

来了啊？"

菊冈以冷静的声音回答：

"恐怕是那帮黑衣人和自卫队的高层有勾结吧。长门是在今天早上8点离开Ocean Turtle的，比他们的突击还早了六个小时。大概要到他们得到'爱丽丝'的光立方之后，才会对长门发出突击命令吧。当然，时间也是有限的……"

"也就是说，他们不是普通的恐怖分子了吧。这下可糟了！如果对方有专家，也许能找到回收爱丽丝的后门……"

"就是从Under World内部进行操作吗……他们已经控制了第一STL室，那也可以从设置在Under World内部的虚拟控制台进行弹出操作……"

"进行了这个操作后会怎样？"

比嘉回答了神代凛子的问题，说明的时候还夹杂着一些动作来示意。

"对象的光立方会从位于主轴正中央的光立方集群取出，通过管线运送到任意一个控制室。出口就在这里。"

他指了指控制台角落里的一个四方形开口，然后看向控制台后那面墙壁上的门。

铝合金制成的门上镶着一块小小的金属牌，上面刻着"第二STL室"的文字。

门的对面放着两台STL——"Soul Translator"。其中一台上躺着一个年轻人，正由安歧奈月护士兼二等陆曹看护。他就是桐谷和人，他从Alicization计划的初期开始就贡献了很大的力量，现在依然在左右着这个计划的未来。

菊冈收回视线，将手叉在胸前，以沉重的口气说道：

"也就是说，还是要把最后的希望寄托在他身上啊。比嘉……桐人的状态怎么样了？"

一阵轻微的呼吸声传来，比嘉转过脸去，正好和在凛子的搀扶下直直看向这边的结城明日奈对上了视线。

面对身为桐人——也就是桐谷和人女朋友的她，比嘉不知道该如何说明现状。但是很快，一道有些嘶哑，但相当坚定的嗓音传入了他的耳中。

"我没事的。请说事实吧。"

比嘉在深呼吸了一次之后，点了点头。

"用一句话来概括的话，那就是现在距离最糟糕的状况只差一步……了吧。"

换了个口气说出这句话后，比嘉再次用鼠标进行操作。

袭击者们的静止画面消失，另一个窗口弹出，显示出一个正在缓缓摇动的彩虹色立体图像。

"这就是将桐人的摇光可视化后的图像。"

房间里所有人都默默地凝视着屏幕。

"一周前，他在东京被注射了肌肉弛缓剂，导致心肺功能停止。虽然万幸的是保住了性命，但是大脑的一部分……准确来说是摇光网络受到了损害。这种损伤以现有的脑医学很难治疗，但是运用STL技术的话还有恢复的可能性。于是我们为了促进他生成新的网络，以解除了限制的STL来尝试对桐人的摇光进行激活。"

比嘉休息了一下，从控制台上拿起矿泉水瓶，滋润因为不习惯的长篇大论而开始干咳的嘴巴。

"为了进行这个治疗，必须让他潜入Under World之中。如果摇光进行的是和现实世界一样的活动，那么治疗就没有效果。因此我们和之前在六本木的RATH分部做的那样，封锁了桐人的记忆，让他落到Under World的边境……这是我们本来的打算。但是，因为一些不明原因，恐怕是摇光损伤的影响吧，他的记忆并没有被封锁。桐人保持着现实里的桐谷和人的状态，被丢进了Under World里。我们也是因为之前他在内部和我们取得联络的时候才知道了这一点……"

"等……等等。"

凛子此时插话了。

"那么，他是以桐谷的身份，在时间加速了的Under World里生活的？在内部是……几个月？"

"约两年半。"

在比嘉如此回答的时候，被凛子搀扶着的明日奈猛烈地颤抖起来。比嘉觉得这件事恐怕对她造成了很大的打击，但还是相信她之前的保证，继续说明下去。

"在这漫长的时间里，桐人在那个世界和人工摇光们进行着接触。恐怕他也知道，在现在这个模拟结束之后，摇光们将一起被删除……所以，他才会找到那个位于Under World的中心，也就是过去的第一个村子里用来和现实世界联络的控制台吧。菊先生，他应该是来请求你将所有摇光都保留下来的。"

比嘉往旁边看了一眼，只见菊冈依然在看着屏幕上的立体图像，眼镜还是反射着屏幕的光线，让人看不清表情。他将视线收回，再次看向凛子和明日奈。

"这并不是一件容易的事。因为联络控制台现在所在的地方，是名叫'公理教会'的统治组织的大本营内部。隶属于教会的摇光们属性都非常高，根本不是被设定成一般民众的桐人所能对抗的。原本他应该在侵入教会之后'死亡'，然后从Under World里登出……但是他找到了。虽然刚才因为遭到袭击而无法详细检查记录，但他似乎找到了几个协助者——当然都是人工摇光，也就是和他们成为了伙伴。和教会的战斗让他的伙伴们几乎全部死亡，在成功打开和我们的联络线路时，他非常自责。换句话说，就是自己对自己的摇光进行了攻击。就在这个时候，那群黑衣人切断了电源线，因为短路产生的浪涌电流，STL的功率瞬间提高了。结果就是，桐人的自我破坏冲动变成了现实……也就是让他的'自我'失活了……"

"让自我……失活？这是什么意思？"

听到凛子的问话，比嘉再次转向控制台。

"请看这个。"

他迅速地敲击着键盘，将表示着桐谷和人摇光活性的实时图像放大。

在不规则摇动的虹色云朵之中，有着如同暗星云一样的虚无黑暗正在蠢蠢欲动。

"和光立方里的人工摇光不同，现在我们对人类的生物摇光的分析远远称不上完善。不过大概的测绘已经完成了。这个黑洞里本来应该有的东西，就是'主体'……也就是自我意像。Self Image"

"自我意像Self Image……也就是自己规定的自我形象？"

"是的。我们的意志决定，似乎都要通过摇光里那个'我在这种状况下会不会那么做'的逻辑电路。比如说，凛子前辈，你会在牛肉盖饭店里加点第二碗米饭吗？"

"……才不会。"

"就算你还想吃，心里觉得还能吃得下一碗？"

"嗯。"

"也就是说，这是凛子前辈的自我意像回路得出的处理结果。同样地，几乎所有的意志决定都必须通过这个回路才能变为实际行动。而桐人则是大部分的摇光都还完好，但是那个最重要的回路无法运作了。因此，他无法对外部的输入作出处理，也无法输出自发性的行为。他现在能做到的……恐怕也就只有深刻的记忆所引发的反射活动而已了。也就是吃饭和睡觉这些简单的事。"

凛子咬紧了嘴唇，思考了片刻后，以微不可闻的声音说道：

"那么……现在他的意识到底是个什么状况？"

"很遗憾……"

比嘉停顿了片刻，才低着头继续说道：

"他不知道自己是谁，应该做什么，也不知道自己不能说什么，也不能做什么……大概就是这样了吧。"

沉默第三次笼罩了这个昏暗的空间。

12

"Fu……"

接下来的一个音节，被坚固的战术靴踢向墙壁钢板的巨大声响掩盖了。

突击队队员之一的瓦沙克·卡萨尔斯似乎不满足于只是在墙壁上踢出两三个凹陷，在将似乎是RATH技术人员在几十分钟前留下的糖果盒狠狠踩扁之后，才终于停止了叫骂。

他拢起昭示着西班牙裔血统的黑色大波浪卷发，粗暴地走到控制台前，单手抓起站在那里的一个男人的领口。

"你小子再说一遍？"

瘦得出奇的年轻人如同一条鞭子般轻飘飘地挂在瓦沙克的右手上。那一头金发剃成了板寸，皮肤呈现病态的白皙。

这个脸上戴着大号金属框眼镜的瘦削男人是队伍里唯一的非战斗人员。他是Glowgen Defense Systems的网络作战部门（CYOP）非正式雇佣的黑客，名字叫克里特。

他是一个曾经被逮捕过的网络罪犯，克里特这个名字也不是真名而是网名。不过瓦沙克其实也一样。Vassago是中世纪的魔法书*Ars Goetia*里记载的七十二恶魔之一，人称"地狱的王子"。当然，不会有父母会给孩子起这种名字。他也是CYOP部门的成员，但负责的不是电脑而是实战——当然这指的是完全潜行环境下。这个经历不比克里特清白多少的男人，在虚拟现实环境下的战斗能力十分出色。

实际上——

除了队长加百列·米勒以外，突袭Ocean Turtle队伍中的十二名成员都有着黑暗的过去，而得到新身份的代价，就是成为被饲养的狗。

身为其中一只狗的克里特尽管被瓦沙克吊在空中，却不见有丝毫胆怯，反而大声地嚼着口香糖回答道：

"要我说多少遍都行啊。听好了，这个控制台被锁得跟坨干屎一样严严实实的，就凭我们带来的笔记本电脑，算到你变成老不死也解不开。"

"谁跟你说这个啊四眼仔！你不是说被锁定是因为我们突袭的时候太花时间了吗？"^{Four Eyes}

面对挑衅，瓦沙克破口大骂。他原本算是个稍微努力一下就可以去当模特儿的野性帅哥，可一生起气来脸就非常可怕。

"喂喂，我只是在说事实而已啊？"

"你这混蛋在战斗的时候明明只会躲在我背后发抖，口气倒是挺大的啊！"

其他队员没有去阻止两人的对骂，反而是笑着看好戏。加百列估摸了一下时机，打了个响指，吸引了两人的注意力。

"好了，你们两个都少说两句。现在没时间去追究责任了。得先想想以后的行动。"

瓦沙克转过头，像个孩子似的噘起嘴说道：

"但是兄弟啊，得教训一下这家伙才行……"

加百列忍下了让瓦沙克别以"兄弟"相称的冲动。瓦沙克之所以会将加百列称之为兄弟，似乎是因为在一对一的虚拟现实战斗训练之中承认了他的实力，但是不管他听多少次，都莫名觉得难以忍受。对加百列来说，所谓朋友和同伴都只是基于感情而产生的模糊人际关系，他完全无法理解。

等得到灵魂的抽取与保存技术之后，人类的所有感情就都能通过"光之云"的颜色和形状等信息被分类得井然有序了吧。加百列一边这样想着，一边以队长的口气开解两人：

"听好了，瓦沙克，克里特。我对队伍之前的工作很满意。毕竟我们这边只有加里受了一点小伤，就完成了占领控制室这个第一目标。"

听到加百列这样说，瓦沙克不大情愿地放开了克里特的领口，双手叉在了腰上。

"不过兄弟啊，最重要的控制系统被锁定了就没意义了啊。那个最终目标，叫什么光立方集群的玩意儿，还在那道铁墙后面吧？"

"所以我才说现在要考虑破坏这堵墙的方法啊。"

"但是自卫队[JSDF]那帮人也不会一直缩着啊。要是负责护卫这只大龟的宙斯盾舰派出专门的战斗人员进行突击，就凭我们这十一个人外加一个累赘是怎么也应付不来的。"

不愧是被加百列提拔为副队长的人，瓦沙克并不是单纯的野狗，而是有着一定的能力去把握现状。加百列想了一下，轻轻耸了耸肩。

"似乎是委托人和JSDF的上头有着某种交易。宙斯盾舰在作战开始后的二十四小时内都不会行动。"

"咻……"

克里特吹了个刺耳的口哨。在那副防风镜般的眼镜下，那双浅灰色的眼睛眯了起来。

"也就是说，这次作战不只是当强盗……不不，这种事情还是不说为妙。"

"我也这么认为。"

加百列微笑着点了点头，再次看向小队的全体成员。

"很好，接下来先确认一下现状吧。现在是日本标准时间的14时47分，从我们进入这里到现在已经过了四十分钟左右。我们现在位于Ocean Turtle的主控制室。虽然成功占领了目标设施，但是没能抓住RATH的技术人员，这里的系统也被锁定了。下一个目标就是占据副控制室……布里格，隔离墙的耐压门能切开吗？"

被叫到的巨汉队员慢悠悠地走上前来说道：

"有点搞不定啊。这里用的是最新的复合材料，凭我们带的便携式切割机，怎么也不可能在二十四小时内切开。"

"看来日本人还是挺有钱。汉斯，能用C4炸开隔离墙吗？"

这次是一个小胡子修剪得整整齐齐的瘦高个以很潇洒的动作摊开了双手。

"最好别这么干。毕竟墙对面就是光立方集群的存放室，人家可没有只炸开门而不伤到那东西的自信。"

"唔。"

加百列将手叉在胸前，思考了一下后继续说道：

"我们得到的任务，是从大量的光立方中找出其中一个，然后连着界面一起带回去。立方的ID我们已经得到了，也就是说，只要能够操作控制台，就能很容易地搜索到那个立方体，然后将它从集群中弹出。本来我们早该回到船上喝酒庆祝了。"

"烦死了，这个瘦猴眼镜仔还吹什么自己入侵过五角大楼的服务器呢，结果连个破锁都解不开。"

"哎哟，吓死我了。一个只开过虚拟枪的游戏玩家居然还敢教训我。"

加百利瞪了一眼就要再次开始吵架的瓦沙克和克里特，加强了语气说道：

"你们想空手而归，得不到奖金，只能得到嘲笑吗？"

"No！"所有人一起大喊。

"你们是那种对付不了业余技术人员的白痴吗？"

"No！"

"那就去给我想！证明你们脖子上那东西里装的不是麦片粥！"

加百列一边下意识地扮演着"硬汉指挥官"的形象，一边偷偷地在脑子里思考着。

作为灵魂的探求者，对加百列来说，得到人类首次创造出的真正人工智能"爱丽丝"，是和独占Soul Translation技术并列的最大目标。按照他的计划，在得到这两样东西后，他就会用偷偷带进来的神经毒气解决队里的所有人，然后暂时逃到澳大利亚去。

不过至少在这个阶段，NSA委托的这个作战和加百列的目的完全一致。在无法使用管理员权限进行系统操作的现在，必须想办法用另外的手段得到"爱丽丝"的光立方才行。

爱丽丝……"A.L.I.C.E"。

这个代号，是"RATH"内部的情报提供者告诉加百列的委托人，也就是NSA的。

加百列并不知道Rabbit的个人资料。但是，如果他背叛组织泄露情报的动机是得到巨额报酬，此时他应该不会冒着危险去采取行动的吧。

也就是说，他已经不能期待Rabbit在耐压隔离墙的对面为自己提供帮助了。必须依靠现有的情报与装备，在很短的时间内达成自己的目的。

时间——问题就是时间。

虽然加百列已经能够完全控制焦躁与不安这些毫无用处的感情，但是在二十三小时后就将到来的时限面前，他也感到了一丝压力。

NSA的特工在委托这个绝密的抢夺任务时，曾经对加百列说过这样的话。

RATH的活动会极大地动摇和日本的军需产业相关的利益。因此，自卫队的高层并不乐于看到RATH的存在——不止如此，甚至有不少势力是在积极地对其进行妨碍。

RATH的基础是年轻的干部自卫官们，他们最缺乏的就是政治势力。NSA就是看准了这点，通过挂着大使馆工作人员头衔的CIA成员和海自的某高官缔结了秘密协定。在袭击开始的二十四小时内，为RATH的总部Ocean Turtle进行护卫的宙斯盾舰"长门"，都会在"要保证人质的安全"的名义下，不展开任何行动。

但在待命时间结束之后，为了应付媒体，宙斯盾也必须有所行动了。如果全副武装的战斗人员冲了进来，加百列他们组成的这个突击小队会因为人数与装备的差距而被迅速歼灭。

就算发展成这种最糟糕的结果，他也做好了用小型潜水艇让自己一个人逃出去的准备。但是，没能得到最关键的光立方，会让自己探寻人类灵魂的伟大旅程产生无可挽回的倒退。

对于在这个作战结束后的人生，加百列已经做好了细致的计划。

首先是带着爱丽丝逃到澳大利亚，将光立方和STL技术藏在帝王岛上的别墅里。然后坐飞机回圣地亚哥，向NSA报告作战失败。等风头过去之后再回到澳大利亚，在别墅那宽广的地下室里安置STL机器，构建一个自己理想中的虚拟世界。

这个世界的居民在一开始应该只有爱丽丝和加百列，不过这样未免太过孤单了。为了达成研究灵魂这个目的，也必须增加其他的材料。

去悉尼或者凯恩斯一带找一些人，必须得拥有着年轻而富有活力的灵魂才行。然后绑架他们，用STL抽取灵魂后处理掉没用的躯壳。总有一天他要跨过海洋，远征祖国美利坚以及完全潜行技术的发祥地日本。

日本的虚拟现实游戏玩家拥有的那种独特精神，让加百列深深地为之着迷。虽然并不是所有人都这样，但是一部分玩家的做法，真的是把虚拟世界当成比现实更加现实的世界，毫不吝啬地倾注着真实的感情。每当他回忆起在*Gun Gale Online*里遇到的那个少女狙击手，他就会感觉到一种迄今未曾有过的强烈欲望在蠢蠢欲动。

这恐怕和当初在那个国家仅存在了两年的"真实虚拟世界"^{Real Virtual World}不无关系。因为开发者自身的入侵，那些年轻人体验了一场有着真正生与死的死亡游戏。他们这些"生还者"^{Survivor}的灵魂，在对虚拟世界的适应性上远远超出了其他人。

如果可能的话，他想尽量得到那些人——最好还是被称为^{Progressors}"攻略组"的顶级玩家的灵魂。虽然不知道那个少女狙击手是不是攻略组的，但加百列也想得到她的灵魂。如果将它放进光立方，肯定能放射出比任何宝石都珍贵的光辉。

那是世界上的富豪们丢上几亿美元都绝对无法得到的终极光辉。而加百列却能将它们摆放在秘密的房间里，然后看自己的心情选择一个灵魂，载入到自己喜欢的世界里为所欲为。

更美妙的是，从人类身上抽出封在光立方里的灵魂可以随便复制与保存。哪怕灵魂崩溃扭曲也能随手恢复，塑造成加百列喜欢的形态。这就如同对一块最顶级的原石进行加工，让它能够释放出最棒的光芒。

到那个阶段，加百利的漫长旅程就会在划出一个大圆后回到最初的起点。

回到小时候，在森林的大树下，看着艾丽西娅·克林格曼的灵魂放出美丽光辉的那一瞬间。

尽管只是短暂的想象，还是让加百列闭上了眼睛，后背微微颤抖。

当他再次睁开眼睛时，已经恢复了如寒冰一样的思考能力。

如果将各国年轻人的灵魂比喻成镶嵌在王冠边缘的红宝石、蓝宝石以及绿宝石，那么镶嵌在王冠正中的巨大钻石，一定就是"爱丽丝"。这个没有任何污秽的终极灵魂，才适合当他永远的伴侣。所以，他必须不惜一切代价找到爱丽丝的光立方并将她带走。

但是，如果不破坏光立方集群存放室的耐压门，就无法以物理手段夺取。

那接下来只能依靠系统操作了。然而主控制台的锁，似乎连身为一流黑客的克里特也无能为力。

加百列脚上的靴子在地面发出敲击声，来到正用双手高速敲击键盘的克里特背后。

"怎么样了？"

他得到的回答是一个高举双手的手势。

"想用管理者权限登录是没戏了。我们能做到的，最多也就是心有不甘地观察上面那个集群里的摇光们建立的快乐童话王国而已。"

克里特动了动手指，在正面墙壁上的大屏幕里打开一个窗口，显示出了奇妙的景象。

根本看不出哪里有"童话王国"的感觉。天空被染成了让人作呕的红色，地面仿佛刚炼好的沥青一般漆黑。

画面中央支着几顶用皮革缝制而成的原始帐篷。旁边则集合了十只左右的体格肥胖低矮，头顶光秃秃的奇妙生物，正在吵闹着什么。

虽然大体上保持着人形，但怎么看都不像是人类。他们驼背得很严重，手长得快要够到地面，而弯曲的腿则很短。

"哥布林？"

加百列嘟哝了一句。克里特轻轻吹了个口哨，很高兴地说道：

"哦，你很懂嘛，队长。也对，看起来不像兽人和食人魔，那就只能是哥布林了。"

"不过看起来有点大啊。这是大型的啊，大型哥布林。"

瓦沙克也来到他们身边，双手叉腰发表着意见。看来他不愧是虚拟现实战斗的专家，对奇幻RPG也有着一定的认识。

在加百列的注视下，那十来只的大型哥布林闹得越来越厉

害，中间的两只互相抓住对方，开始激烈地扭打起来，旁边围观的几只也开始举着手大喊大叫。

"克里特。"

加百列感觉自己好像来了什么灵感，对坐在椅子上的板寸头喊道。

"啊？"

"这些家伙……这些怪物们，是系统的一部分吗？"

"嗯……看来不是。这些家伙从某种意义上来说是真正的人类。他们也是上面的光立方集群里装载的人造灵魂……也就是说他们有着摇光。"

"真的假的？这怎么回事！"

瓦沙克猛地大喊起来，探出身子。

"这些大型哥布林是人类？和我们有着同样的灵魂？要是让我那个住在旧金山的奶奶知道的话肯定当场就吓死了！"

他拼命地拍着克里特的板寸头，叫得更大声了。

"真亏他们能搞这种不怕上帝降罪的研究啊。难道说，那堆光立方里收着的都是这样的哥布林和兽人？我们的小爱丽丝也是吗？"

"怎么可能啊。"

克里特厌烦地拨开瓦沙克的手，纠正他的认识。

"听好了。RATH的人制造的Under World世界分为两个区域。位于正中央西侧的是人界Human Empire，在那里生活的都是普通的人类。外围的则是暗黑帝国Dark Territory，里面住的都是这样的怪物。虽然我们知道爱丽丝待的当然是人界，但是这个世界太大了，光是这样观察是根本找不到的。"

"那还不简单。既然都是人类，那语言也是相通的吧？那就潜入那个叫什么人界的地方，找几个人问问认不认识爱丽丝不就知道了？"

"哇，白痴啊，这里有个白痴啊。"

"你小子说啥！"

"我说啊，制造Under World的可是日本人啊。也就是说，那'几个人'使用的语言也都是日语。你会说日语吗？"

克里特带着轻蔑的微笑这样说着，然而瓦沙克回以一个扭曲的笑脸，答道：

"你可别看不起我啊。"

不只是克里特，队伍里的所有成员都猛然瞪大了眼睛。瓦沙克所说的，是流畅到连加百列都惊叹的日语。

西班牙裔年轻人换回英语继续说道：

"交流完全没问题了吧？你还有什么问题吗，四眼仔？"

"当……当然有了。"

克里特从震惊中恢复过来，鼻子里哼了一声。

"人界里有好几万人呢。你一个人问得过来……吗……"

他说到这里，仿佛是从自己的话语中得到了什么启示似的猛然站了起来。被他的板寸头狠狠撞到下巴的瓦沙克再次怒骂起来，但是黑客完全没理他，大叫道：

"等等。等等等等等等等等。也许没必要一个人去做……"

听到他的话，加百列脑中那暧昧的灵感也大致成形了。

"对啊。那些事先准备好用来登录Under World的账号……很难想象都是等级只有1的一般市民。对吧，克里特。"

"Yes. Yes, boss!"

键盘仿佛打击乐器一般怒吼起来，几个列表随即在大屏幕上滚动。

"如果是供RATH的操作人员登录后进行内部观察或者是操作的账号，应该每种阶级和身份都有准备。军队的士官……不，将军……不不，贵族，皇族……搞不好连皇帝都有……"

"哦，这下就棒了。"

瓦沙克擦着撞破的下巴说道。

"也就是说，找一个将军啊总统啊之类的大人物登录，就可以随便下命令了吧。全军列队！向右转！去给我找爱丽丝！大概就是这样？"

"怎么感觉被你这么一说，难得想出来的主意都变得无聊起来了。"

克里特一边抱怨着，一边用极快的速度滚动着列表。

但是——

仅仅几秒之后，这个男人就发出了一句对他来说很少有的怒骂，停止了对列表的翻阅。

"混蛋，不行啊。不只是这里的直接操作，就连对高等级账号的登录都被加上了严严实实的密码。很遗憾，看起来只能用一般市民账号去潜入人界了。"

"唔……"

虽然克里特和瓦沙克的脸上都露出了明显的失望之色，但加百列神色不变地微微点头。

剩下的时间绝对称不上多。

但是，这只不过是现实世界里的限制。而屏幕里的那个异世界——Under World内，时间的流速比现实要快上数百倍。

换句话说，剩下的二十三个小时在Under World里相当于一年以上的时间。有这么多时间的话，就算是以一般市民的身份登录，要找出爱丽丝，并通过内部的信息控制台让她的光立方在现实世界中弹出，也并非不可能的。

但是，这也意味着事情会变得非常麻烦。如果要花这么多功夫，从人界的外侧入侵还比较快。

"克里特。高等级的账号，有人界外面……也就是暗黑帝国的吗？"

"外面？但是爱丽丝在那里的可能性不是相当低吗？"

克里特一边问，一边轻快地敲击着键盘。

加百列仰头看着打开的新窗口，同时回答道：

"嗯，也许吧。但是，区域界线并非绝对不可侵犯吧？如果账号的权限高一些，也许会有穿过边界的手段。"

"哦哦，兄弟你行啊！想的东西都和我们不一样！也就是那啥……不是当人类的将军，而是变成怪物的首领入侵吧？这样更让人热血沸腾啊！"

瓦沙克吹着口哨大喊大叫起来，克里特则是以很是厌烦的口气对他泼了盆冷水：

"你要热血沸腾随便，但是要登录暗黑帝国的话，搞不好会变成大型哥布林啊兽人啊什么的。不过说起来倒是和你挺配的……啊，找到了，找到了啊。"

他狠狠地按下按键，屏幕上又现出了两个窗口。

"嗯，人界之外的超级账号只有两个……太棒了，没有加密码！我看看……一个的身份是暗黑骑士。权限等级是……70！这个能用！"

"哦哦，这个好！这个我要了！"

克里特无视了大吵大闹的瓦沙克，激活了另外一个窗口。

"然后是第二个……这啥？身份是空白的，也没有显示等级啊。设定好的只有名字。这个是……这该怎么读来着？Emperor Vector？"

"哦，Emperor不就是皇帝吗？那我还是要这个……"

还没等瓦沙克说完，加百列在后面轻轻拍了拍他的肩膀。

"不，这个我来用。"

"啊？不过，兄弟啊，你会说日语吗？"

"没有你那么好就是了。"

加百列用学了三年的日语回答道。他从一开始就放弃了读写，不过在日常对话方面很有自信。

"咻……行啊兄弟。那皇帝就给兄弟你了，我就用暗黑骑士。这下好玩了！喂，四眼仔，现在能登录了吗？"

克里特依然完全无视了吵闹的瓦沙克，不停敲击着键盘。他一脸认真地看着屏幕上不停显示的信息，加百列走到他身边，平静地问道：

"怎么了，克里特，还有什么问题吗？"

"倒也不算问题，只是有些在意……看资料的时候，到处都有一段奇怪的话，至于意思我是不怎么明白……"

"哦？什么话？"

过了片刻，克里特才回答了加百列的问题。

"……'最终压力测试'。" Final Load Test

⊢3

比嘉有些畏缩地打破了副控制室里凝重的沉默。

"那个……怎么说呢，他的肉体，或者说现实世界里的桐谷君面临的状况，就像刚才说的那样……实在不容乐观。"

明日奈被神代凛子扶着肩膀的纤细身体猛然颤抖起来，比嘉连忙又补充道：

"不、不过，还是有一点希望的！"

"怎么说？"

凛子以尖锐又带着一丝期许的声音问道。

"桐人此时还登录着Under World。"

比嘉抬头看向那个和被夺走的主控制室相比要小得多的屏幕。他点了几下鼠标切换了画面，显示出了由圆形的人界，以及包围着它的暗黑帝国所构成的Under World全图。

"也就是说，虽然自我意像（Self Image）受到了损伤，但他的摇光还在活动，会受到各种各样的刺激。那么，虽然现实世界里无法做到，但也许可以在Under World里治愈他的灵魂。他是因为过于自责，才会损害了自己的灵魂，那只要有谁去'宽恕'他的话……也许……"

比嘉知道，自己说的这些东西一点都不科学。

但是，这也是他毫无隐瞒的真心话。

Soul Translator是继承了NERvGear和Medicuboid的技术并加以进化后的人机交流界面。但是，这个由比嘉参与开发的机械虽然找出了人类的量子意识体"摇光"，但是根本称不上研究透彻。

摇光是物理现象吗？

还是说，是现代科学无法说明的主观现象？

如果是后者的话，那么桐谷和人那伤痕累累，疲惫不堪的灵魂，也许能被超越科学的力量治愈。

比如说——某人的爱。

"……我去。"

在比嘉这样想着的时候——

一道微弱却坚定的声音在副控制室里响起。

房间里的人都猛地屏住呼吸，看向说话的人。结城明日奈对扶着自己肩膀的神代凛子点了点头，向前走了一步，重复道：

"我去Under World。我要去那里告诉桐人，告诉他已经很努力了。尽管遇到了许多悲伤与痛苦的事情，但他已经做到了他能够做到的所有事情。"

在说这句话的时候，明日奈那淡棕色的眼睛里带着泪光。就算比嘉已经决定把一生都奉献给学术研究，但此刻的明日奈依然美得让他说不出话来。

菊冈也露出像是被感动了的表情看着明日奈，但很快他就将表情隐藏在镜片下，看向隔壁房间的门。

"我记得STL还空着一台吧。"

指挥官平静地说完后，露出了复杂的表情，继续说道：

"但是，此刻Under World里的情况并不安稳。按照我们这边的时间来算，还有几个小时就会进入预定的最终压力测试的最后一步了。"

"最终……压力？会发生什么事？"

凛子皱起眉头。比嘉则是又手舞足蹈地开始说明起来。

"嗯……简单来说，就是壳要破了。将人界和黑暗帝国隔绝了几百年的'东之大门'的耐久值将会归零，怪物军团会侵入人界。如果人类建立了完善的防御机制，那么最后应该是能将其击退的。但是，在这次实验里，桐人将作为统治组织的'公理教会'几乎毁了一半……这样就难说了……"

"其实仔细想想，不管是什么情况，我们也许都要派一个人潜入才行。"

菊冈将双手叉在胸前，低声说道。

"暗黑帝国进攻开始之后，不知位于人界何处的'爱丽丝'很有可能在混乱中被杀。这样的话，我们锁定主控制室争取时间就没有意义了。必须用高级账号进入内部，保护爱丽丝前往'尽头祭坛'，如果能在那里将爱丽丝的光立方弹出到这个副控制室的话……"

"哦……在事故之前，你就是托桐人去做这件事的吧。"

听到凛子的话，菊冈遗憾地点了点头。

"嗯。如果他没出事的话，肯定是能做到的。毕竟他当时就在爱丽丝旁边啊……"

"那么，就算内部时间已经过去好几个月，两个人在一起的可能性依然很高……是吧？"

这次是比嘉回答了她的疑问。

"……我觉得，可以这么认为。这样的话还是交给明日奈小姐比较合适吧……和桐人交流的力量就不说了，要保护爱丽丝，应该也需要能在Under World里战斗的能力。我们这些人里，最习惯在虚拟世界中行动的就是明日奈小姐了。"

"那么，就得找尽量高级的账号才行了。"

比嘉点头同意菊冈的话，开始敲击起键盘。

"当然了，随便你怎么挑。骑士，将军，贵族……这里可准备了不少高等级的账号。"

"喂，等等。"

凛子突然以有些紧张的声音插话。

"怎么了？"

"那些袭击这里的人会不会也和我们想到一起去？刚才你也说过的吧？得到爱丽丝的捷径就是从内部进行的操作。"

"嗯……没错，他们确实有可能使用这种方法。毕竟下面的主控制室里还有两台STL呢。不过，他们没时间去破解高等级账号的登录密码了。能用的只有等级1的普通民众，那样的能力是无法在最终压力测试这样的战场里行动的。"

尽管说得非常干脆——

比嘉还是觉得自己好像忘记了什么重要的事情，心头涌上一丝不安。

但是，这个感觉随即被高速滚动的账号列表淹没，未能形成明确的想法。

Sword Ar

The 4th Episode
Project "Alicization"
the new chapter
War of the Underworld

t Online

刀剑神域
第四部
"Alicization"新章
Under World大战

"Ocean Turtle" 内部

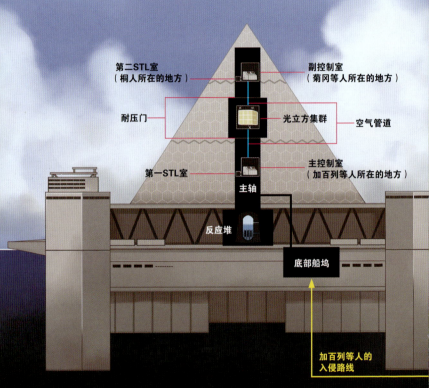

第二STL室
（桐人所在的地方）

副控制室
（菊冈等人所在的地方）

耐压门

光立方集群

空气管道

第一STL室

主控制室
（加百列等人所在的地方）

主轴

反应堆

底部船坞

加百列等人的
入侵路线

为了隐藏自下而上型人工智能开发计划"Alicization计划"而建立的企业"RATH"，其总部是一艘自行式人工浮岛"Ocean Turtle"。在这个呈巨大金字塔形的船里，有着用来登陆"Under World"的"Soul Translator"。第一STL室有两台，第二STL室也有两台，总计四台。桐人用来登陆"Under World"的"Soul Translator"位于第二STL室。

在"Ocean Turtle"的中心，有着用来保存"Under World"居民的"灵魂"——也就是人工摇光的"光立方集群"。而加百列他们的任务，就是从大量的光立方之中，将爱丽丝的人工摇光通过空气管道弹出。

插画／来栖达

第十七章　暗黑帝国 人界历380年11月

▶1

还没等飞龙停好，暗黑骑士莉碧雅·赞克尔就从它的背上跳下，沿着从起落台通往帝宫的空中回廊全力疾驰。

她很快就觉得呼吸困难，不由得用右手将覆盖着脸的头盔取下。

左手将猛然散开的灰蓝色长发拢起披到背后，再次加快了速度。虽然她也很想脱下这沉重的铠甲与斗篷，但她实在不愿意让帝宫里泛滥的执政官们看到自己任何一寸肌肤。

跑过曲折的走廊后，从右手边的圆柱缝隙里可以看到一座仿佛划破了赤红天空的漆黑雄城。

帝宫黑曜石城堡，是花了半年时间将广大的暗之国中最高的那座石山挖空并建立起来的城堡——当然，这没有算上那不祥的"尽头山脉"。

据说，在最顶层的宝座大厅上，可以在西方的地平线上隐约地看到尽头山脉，以及镶嵌在山石中的巨门。

但是，没有人知道这到底是真是假。

身为初代皇帝的暗黑之神贝库达在太古便消失于地底的黑暗之中，自此，暗之国的宝座便一直保持着空位。最顶层的大门被有着无限天命的锁链封印起来，永远无法打开。

莉碧雅从漆黑城堡的最顶层收回视线，向距离越来越近的食人魔城门卫兵喊道：

"我是暗黑骑士第十一位赞克尔！赶快开门！"

虽然狼头人身的卫兵们身体强壮，脑袋却不怎么灵活，直到莉碧雅来到铸铁打造的城门前，才开始旋转起开关装置的把手。

大门随着沉闷的声响逐渐打开，才开了一点点，莉碧雅就侧过身子从缝隙里钻了进去。

久违了三个月的城堡以一股和之前没有什么改变的冰冷空气迎接了莉碧雅。

由打杂的狗头人每天老老实实擦洗过的走廊一尘不染。莉碧雅走在黑曜石的地板上，脚下铿锵有声。但很快，她就看到两个穿着暴露的妖艳女子犹如在地板上滑动一般，无声地向她走来。

鲜艳而卷曲的头发上所戴的巨大尖帽昭示着她们暗黑术师的身份。莉碧雅本打算看都不看她们一眼，直接错身而过，一个女人却以尖利的声音夸张地说道：

"哎哟，地板震动得好厉害啊！难道是食人魔在跑步吗？"

另外一个女人也迅速回以高亢的笑声。

"才不是呢，这种震动分明是巨人族嘛！"

——如果不是城堡里禁止拔剑，看我不砍了你们的舌头。

莉碧雅这样想着，鼻子里哼了一声，迅速往前走去。

出生在暗之国的人族女人从训练学校毕业之后，基本上都会加入暗黑术师公会。据说那是个极为重视享乐的组织，从来不学规矩，只学到了放荡，最后出来的都是像刚才那种只对穿衣打扮有兴趣的人。

她们还会对选择了骑士之道的女人产生非常强烈的对抗心理。莉碧雅也曾在就读幼年学校时被同年级的女术师下过毒虫的诅咒，为此苦不堪言。最后她拿起剑把对方引以为傲的长辫砍断，才让对方老实了一些。

说到底，这个国家的人都是些没有远见的蠢货。

组织和个人之间经常对立，只知道以力量高低来决定一切，这样的暗之国是没有未来的。

虽然现在依靠"十侯会议"保持着岌岌可危的均衡，但那也不可能维持得太久。在与人界——按照兽人和哥布林的说法是"伊武姆之国"——即将展开的战争中，十侯里只要死了一个，均衡就会崩溃，再次回到以血洗血的战乱时代。

对莉碧雅描述这个未来的人，是十侯之一，她的直属长官，暗黑骑士团的团长，同时也是她的爱人。

此时，莉碧雅的心中有一个他期待已久的机密情报。

因此，她不会在女术师们的胡言乱语上浪费哪怕一秒钟的时间。

她横穿过无人的大厅，三步并作两步地冲上大楼梯，在她那经过充分锻炼的身体都有些上气不接下气的时候，她终于到达了目标楼层。

通过协商统治整个暗之国的"十侯会议"中，五个席位是人族，两个席位是哥布林组，剩下的三个席位分别由兽人族、食人魔族以及巨人族占据。经过上百年的内战，五族勉强定下了一个条约，约定五族之间从此不分尊卑，"十侯会议"就是这个条约的结果。

因此，在接近黑曜石城堡最顶层的十八层里，十个诸侯都有着自己的房间。莉碧雅微微放轻脚步穿过走廊，用右手背在最里面的房间门上轻轻敲了三下。

"进来。"

一个低沉的声音很快做出了应答。

莉碧雅看了看走廊两边，确定没有人看到之后，迅速地溜进门后。

她一边怀念地享受这个缺乏装饰的房间里飘荡着的男性气息，一边单膝跪地，垂下了头。

"骑士莉碧雅·赞克尔现在归队。"

"辛苦了。先坐吧。"

她一边感受着自己的心跳因这粗犷的声音而加速，一边抬起了头。

圆桌的两边各放了一张躺椅，而此时坐在其中一张椅子上，将脚高高跷起的男人，正是暗黑骑士长——别名"暗黑将军"的比克苏鲁·乌尔·夏斯塔。

对人族来说，他的身材显得特别巨大。虽然在横向上没法比，但是他的身高并不亚于食人魔。漆黑的头发剪得很短，嘴边的胡子也修得整整齐齐。

强壮的肌肉撑得那件朴素的麻布衬衫上的扣子几乎掉落，腰部附近却没有一丝赘肉。很少有人知道，即使成为了最高位的骑士，他也依然每天都进行着高强度的锻炼，这才是他能够年过四十，却依然保持着完美肉体的关键。

莉碧雅看着三个月不见的爱人，强忍着扑进他怀中的冲动，坐到了夏斯塔对面的沙发上。

夏斯塔坐起上身，将桌上准备好的两个水晶杯递给莉碧雅一个之后，打开了似乎有些年头的红酒。

"为了和你一起喝这瓶酒，我昨天从宝物库里偷出来的。"

他一边挤眉弄眼，一边将有着醇厚香气的深红液体倒进玻璃杯中。夏斯塔每次做出这种表情的时候都像一个爱恶作剧的孩子，这一点和过去一模一样。

"非……非常感谢，阁下。"

"我说过很多次了吧，只有我们两个的时候别这么叫。"

"不过，我现在还算在执行任务。"

她举起酒杯，和无奈耸肩的夏斯塔轻轻碰杯之后，一口气喝下那醇香的红酒，感到自己那在长途跋涉中消耗的天命正在缓缓恢复。

"然后……"

骑士长也将自己的酒喝光，换上一副严肃的表情，微微压低声音问道：

"你用使魔通知我的那件大事，到底是什么？"

"嗯……"

莉碧雅不由得左右看了看，然后探出了身子。夏斯塔虽然是一个豪放磊落的男人，却也非常细心。这个房间里设下了好几重防御术，就算是身为暗黑术师总长的"魔女"也应该无法偷听到。但即使知道这一点，一想到自己所带的情报有多么重要，莉碧雅就不由得压低了声音。

她死死地看着夏斯塔那双黑色的眼睛，直截了当地报告道：

"人界公理教会的最高祭司……死了。"

就连身为暗黑将军的他，在听到这句话之后也猛然瞪大了双眼。

随后，他沉重的叹息声打破了寂静。

"如果我问这到底是真是假，那就是对你的侮辱了。但虽然我不会怀疑这个情报……可是啊……那个不死者……"

"是……我明白您的心情。我也对此难以置信，整整用了一周时间来进行确认，但依然是这个结果。这是我让'耳虫'潜入中央大圣堂后得到的情报。"

"什么？你也太乱来了。要是被人沿着术式进行追踪的话，别说是脱离央都，你现在早就被大卸大块了。"

"是的。但是，就连我这种水平的术式都没有被察觉，也证明了情报的真实性。"

"唔……"

夏斯塔拿起第二杯红酒微微抿了一口，微微垂下他那刚毅的脸庞。

"那是什么时候的事？还有，死因是什么？"

"大概是半年前……"

"半年。我记得那个时候，山脉的警戒确实松散了一些啊。"

"是的。然后，最高祭司的死因……这也是有些让人难以置信。据说是死于剑下……"

"剑……居然有人能杀得了那个不死者？"

"绝不可能。"

夏斯塔瞠目结舌，而莉碧雅则是用力地摇了摇头。

"恐怕是那个不死者终于耗尽了天命吧。但也可能是为了维护最高祭司作为神人的灵性，才放出了这样的谣言……"

"唔……应该就是这么回事吧。但是……那个最高祭司阿多米尼斯多雷特，居然死了啊……"

夏斯塔闭上眼睛，双手叉在胸前，倒在了椅子靠背上。

然后他似乎是默默地思考了很长一段时间，最后才猛然睁开双眼，简短地说道：

"是机会。"

莉碧雅猛然屏住呼吸，然后才以有些嘶哑的声音问道：

"是什么的机会？"

夏斯塔迅速地做出了回答：

"当然……是和平的机会。"

这个在城堡里说出来显得太过危险的词语，迅速地溶解在房间的空气中，消失无踪。

"你觉得……这是可能的吗，阁下？"

莉碧雅仿佛耳语一般地问道，夏斯塔则是盯着杯子里的红色液体，缓缓地，却又用力地点了点头。

"不管可能还是不可能，都必须做到，不惜一切代价。"

他一口喝干杯中的红酒，继续说道：

"那道自创世的时代便将人界和暗之国分开的'大门'，已经快耗尽天命了。暗之五种族的军队，为了对太阳与大地恩惠极其丰富的人界发动总攻，此时已经如同一口即将沸腾的大锅。在上次的'十侯会议'上，他们还在为如何分配人界的土地、财宝还有那些奴隶而闹得不可开交呢。真是……好一群贪得无厌的人。"

听到夏斯塔如此毫不隐晦的评论，莉碧雅不由得缩了缩头。

和被名为"禁忌目录"的庞大法典控制的人界不同，暗之国的法则只有一条——以力量夺取。

从这点来看，与那九个即使爬上了最高权力的宝座，却依然有着无尽征服欲望的诸侯相比，考虑与人界维持和平的夏斯塔才是真正的异端。

但是，正是因为他有着如此不同寻常的想法，莉碧雅才会无可救药地爱上了他。毕竟，和其他服侍诸侯的女人不一样，莉碧雅并不是被他强行夺取而来的。当时夏斯塔是单膝跪地为她献上了花束，以真挚的话语打动了她。

夏斯塔并没有发现自己的情人正为他的想法感到彷徨，以沉重的口气继续说道：

"但是，诸侯们都太过小看人类了。尤其是小看了那守护了人界三百年的整合骑士团。"

听到这个名字的瞬间，莉碧雅感到头皮发麻，不由得点头表示同意。

"的确……他们都是一些可怕的高手。"

"他们是名副其实的'以一当千'啊。在暗黑骑士团的漫长历史中，被整合骑士杀死的例子数不胜数，但是反例就一次都没有。他们不只剑法精妙，身上携带的神器也强大无比……虽然我也曾将他们逼入绝境，却未能将其彻底消灭。当然，失败的经历就更多了。"

"那是因为……他们会使用那种能从剑里喷出火和光的奇怪术式……"

"'武装完全支配术'吗……我们骑士团的术理部也对其进行过漫长的研究，但最终还是未能分析透彻。光是要对抗一招，赔上一百个哥布林士兵都不够。"

"虽然如此……但我方的兵力有五万之多，相反，整合骑士团只有三十人而已。不能以数量来压制吗？"

莉碧雅的话让夏斯塔那漂亮的胡子嘲讽地上扬了一下。

"我说过他们以一当千吧。照这样来算，我们可是要付出三万个士兵呢。"

"怎么可能……应该不至于吧。"

"也是。虽然我不喜欢这样的战术，但只要我们骑士团和食人魔，巨人等军团挡在前方，然后暗黑术师们在后方不停地使用远距离术式，整合骑士们也终归会被磨死。但是，这样的话，当最后一个整合骑士倒下的时候，我方的损失将会大得无法想象。三万有些言过其实，但打个对折是绝对有可能的。"

夏斯塔将水晶杯放到桌上，发出硬质的声响。

他制止了要为他倒酒的莉碧雅，将宽阔的背脊靠在躺椅上。

"之后的结果，自然就是暗之五族的力量变得不均衡。'十侯会议'失去了意义，五族平等的约定名存实亡。这样一来，就意味着百年前的'铁血时代'重新降临。不，只会更差。毕竟这次人界这个饮之不尽的蜜海敞开了大门，恐怕过上百年，围绕着那块土地的统治权展开的争斗都不会平息……"

这正是夏斯塔最为恐惧，也多次对莉碧雅讲述过的最糟糕的未来景象。而且，除了夏斯塔以外的诸侯，都不认为那样的未来算得上糟糕——应该说他们反而期望着那样的未来。

莉碧雅低下头，直直地看着身上那在成为骑士时被授予的全身甲，看着它那满是伤痕但被打磨得铮亮的漆黑光泽。

如果是在"铁血时代"，从小就显得极为瘦小的莉碧雅想必是无法成为骑士的。要么是成为奴隶被人贩子卖掉，要么是被抛弃在城外的荒野，结束短暂的一生。

但就是因为那个勉强算是和平条约的协定，她才不用进入奴隶市场，而是进入了幼年学校。她那晚成的剑术才能被人挖掘出来，最后得到了人族女人几乎无法企及的最高地位。

在成为骑士之后，她几乎用掉了每个月所有的工钱，在人贩子依旧横行的偏僻地方建立起类似于托儿所的设施机构，将那些被父母舍弃的孩童集中起来，一直照顾到他们能进入学校为止。

这件事情她自然没有告诉同辈，甚至没有告诉夏斯塔。因为连她自己都不知道自己为什么要这么做。

只是——

这个拥有力量的人可以夺取一切的国家有点不对劲——这种感觉一直存在于莉碧雅的内心深处。她和夏斯塔不同，没有能将自己的怀疑明确表达出来的智慧。即使如此，她还是希望在这个国家——不，是包括人界在内的全Under World里有着"应该存在的正确形态"。

她能模模糊糊地感觉到，这个"新世界"应该是在达成了夏斯塔倡导的"和平"的许久之后才会出现。同时，她也想作为一个女人，为自己所爱的男人尽一分力。

但是……

"但是，您要怎么说服其他诸侯呢，阁下？而且……如果整合骑士团不接受和平谈判呢？"

莉碧雅低声问道。

"唔……"

夏斯塔闭上双眼，用右手捻着自己那漂亮的胡子。最终，他以带着一丝苦涩的声音低声说道：

"整合骑士方面，我觉得是有机会的。既然最高祭司已死，那么现在担任总指挥的应该是贝尔库利那个老头。虽然他是个狡猾的男人，但是可以对话的。问题……还是在于'十侯会议'

吧。虽然感觉有些矛盾……"

他睁开眼，用蕴含着锐利光芒的双眼看向半空。

"——还是得杀几个人啊。最少得四个。"

莉碧雅猛然屏住呼吸，战战兢兢地问道：

"您说的……四个……那就是两个哥布林族的族长，兽人族的族长，还有……"

"暗黑术师公会总长。毕竟那个女人的野心是得到阿多米尼斯多雷特不死的秘密，并在将来坐上皇帝的宝座。她绝对不会接受和平提案。"

"但、但是！"

莉碧雅仿佛用尽了全身的力量似的反驳道：

"这太危险了，阁下！虽然哥布林和兽人族的族长应该不是您的对手……但是我们不知道暗黑术师到底会使出什么样的手段！"

在莉碧雅说完之后，夏斯塔还是保持了短暂的沉默。

而他之后突然说出来的话，让莉碧雅完全没有料到。

"我说，莉碧雅啊，你来我这里多久了？"

"啊？呃……嗯……是在我二十一岁的时候……四年了吧。"

"已经那么久了吗……在这么长的时间里都让你的身份如此暧昧，真是抱歉。要不要……嗯，那个……"

暗黑骑士长的视线游移着，拼命地挠了挠头，最后才有些僵硬地说道：

"要不要……正式成为我的妻子？虽然嫁给我这种老头挺对不起你的……"

"阁……阁下……"

莉碧雅惊讶地瞪大了双眼。

随后，她就感到一股暖流在自己心中扩散开来。就在她按捺不住，想越过桌子扑到爱人的怀中时——

厚重的门外传来了如痉挛一般尖利的声音。

"大事！出大事了！哎呀，怎么会这样！诸侯们速速前来，快点，快点！"

莉碧雅隐约记得这个声音，似乎是十侯之中的那个商业公会首领。

那道和莉碧雅印象中那个魁梧大人物完全对不上号的尖利惨叫声还在持续着。

"真的出大事了！——宝、宝座大厅的！封印之锁在……在颤动啊啊啊啊！"

►己

以皇帝贝库达的身份降临在宝座大厅的加百列·米勒带着一丝感慨，看着跪在自己脚下的人工摇光们。

他们只是光量子信息，被封闭在边长仅有两英寸的光立方之中。然而，在这个世界里，他们又是具有着智慧与灵魂的真正人类。虽然站在最前列的十个人里，有一半都是样貌奇异的怪物。

自称"诸侯^{Feudal Lord}"的十个将军，站在他们身后的骑士与术师，以及驻守在场外的五万大军，他们都会成为加百列的战斗力。他必须适当地调动这些棋子，歼灭人界的防卫力量，最终得到"爱丽丝"。

但是，和现实世界里的即时战略游戏不同，这些单位可没法用鼠标和键盘随心所欲地操纵。他必须以语言和态度来统帅并命令他们。

加百列默默地从宝座上站起，走了几步，看向挂在后方墙壁上的一块镜子。

镜子上映照出来的，是打扮得相当恶俗的自己。

只有脸部造型和那接近白色的金发与现实中的加百列一样。然而额头上戴着用黑色金属打造、镶嵌着深红宝石的皇冠，在黑色的绒面革上衣和裤子外，还罩着一件漆黑的豪华毛皮长袍。腰上挂着一把发出微微磷光的纤细长剑，靴子和手套上有着精致的银丝刺绣，背上还披了一条被染成血色的长披风。

他往右边看去，只见在宝座低一点的位置上，有一个双手交叉在脑后，正四处张望的骑士。

　　那个穿着如宝石一般的深紫色全身甲的人，正是和加百列同时登录的瓦沙克·卡萨尔斯。虽然之前加百列交代过他，在搞清楚状况之前别太过得意忘形，说出一些不该说的话，但似乎他现在已经忍不住想说几句脏话来表达自己的感想，脚尖开始在地上敲击起来。

　　加百列微微摇头，再次看向镜中的自己。

　　习惯了穿订制西装之后，现在穿上这身衣服怎么都觉得不舒服。但是，在这个"Under World"里，加百列不是民间军事公司的最高作战负责人。
_{CTO}

　　他是统治着广大暗黑帝国的皇帝。

　　同时，也是神。

　　加百列闭上双眼，深吸了一口气后，又呼了出来。

　　他按下内心深处的按键，将要扮演的角色从硬派的冷面指挥官，切换成了无情的皇帝。

　　睁开眼睛，转过身去，深红色的斗篷在空中飞扬。加百列——暗黑神贝库达俯视着十名将军，没有一丝人类气息的声音在宝座大厅中响起。

　　"抬起头，报上名来。——从最右边那个开始。"

　　跪在地上，头低得几乎要贴地的魁梧中年男人以出人意料的敏捷抬起上身，用流畅的日语报上了自己的名字：

　　"遵、遵命！鄙人是商业公会的首领，名叫兰吉尔·吉拉·斯克博。"

　　中年男人低下头后，他旁边那个犹如小山一般的巨大身躯开始动了起来。

高度恐怕达到十二英尺^{三米半}的巨体被有着黝黑光泽的锁链以十字形捆绑着。这个腰上缠着兽皮的亚人种抬起有着长长鼻梁的脸，以仿佛从地底传出的低沉声音报上了自己的名字。

"巨人族^{Giant}族长，席格罗席格。"

加百列还在回味着"这个怪物体内也有着智慧和灵魂"的事实时，第三人以刺耳而嘶哑的声音说道：

"……刺客公会头领……菲·扎……"

和旁边的巨人族比起来，这个披着斗篷的身影显得瘦削而没有存在感，就连年龄和性别都无法确定。

加百列本想让他露出脸，但很快又想到这种刺客大概会有什么不能让人看到真面目的规矩，所以就放弃了，转而看向下一个将军。

然后他好不容易才忍住了皱起眉头的冲动。

那里坐着的，是一个完美诠释了"丑恶"这个词的身躯。之所以坐着，是因为他的脚太短而无法下跪。滚圆的肚子上泛着油光，有一半都埋进了肩膀里的脖子上挂好几个像是野兽头骨的东西。

而脖子上面的头，则是一个七分像猪，三分像人的玩意儿。脸上有着往前突出的平坦鼻梁，露出牙齿的巨嘴，只有那小小的眼睛中里能看到像是人的智慧。但这反而让人更为不快。

"我是兽人族^{Orc}族长——利鲁匹林——"

听到这尖利的声音，加百列不由得思考起这人是男是女，但也很快就失去了兴趣。既然说是兽人，那八成就是低级单位了。反正都是一群炮灰而已。

接下来，那个抬起头以敏捷的动作行了一礼的，是一个还能称之为少年的年轻人。他有着一头赤金色的卷发，被太阳晒黑的上半身上只缠着皮带，下半身则是皮制的紧身裤和凉鞋，双手戴着镶嵌了方形金属铆钉的拳套。

"拳斗士公会第十代首席，伊斯卡恩！"

看着叫喊得极有气势的年轻人，加百列内心感到了一丝疑惑。拳斗士指的是拳击手吗？赤手空拳真的能当士兵？

就在他思考的时候，一阵咕噜噜的叫声突然响起。

声音来自于一个体格虽然不及巨人，却也远远超过人类的亚人种。其上半身几乎都被长长的毛包裹，而从那个完全就是野兽脑袋的部位来看，那些毛并不是衣服，而是其本来的毛发。

他和一只狼极为相似。有着突出的鼻梁，锯子一般的牙齿，以及三角形的耳朵。从他那垂着长舌头的嘴里，发出了难以识别的声音。

"咕噜噜……食人魔……族长，弗鲁古鲁……噜噜噜……"

虽然加百列无法确定这到底是他的名字，还是只是单纯的吼声，但还是轻轻点了点头，看向下一个。

然后他就听到了一阵尖利而刺耳的叫声。

"在下是山地哥布林的族长哈加西！陛下，请务必将先锋的荣誉赐予我族的勇士！"

这是一个有着犹如猴子的秃头，头两侧伸出了细长耳朵的矮小亚人种。别说和之前的巨人、兽人和食人魔相比了，就连人类都比他高大许多。

根据潜入之前从克里特那里听来的介绍，在这个暗黑帝国里，只有一条法则——强者统治一切。那么，这些怎么看怎么软弱无力的哥布林，又有什么能与其他种族平起平坐的力量呢？

尽管他们应该是比兽人还不如的最低级步兵单位，但加百列还是有了一些兴趣，盯着哥布林的脸看了一下，随即有些明白了——在丑陋的亚人那小小的眼睛里，有着极为强烈的欲望。

山地哥布林族长刚说完，他旁边那个仅和他在肤色上有所不同的亚人也马上大声叫唤起来：

"一派胡言！我们能为陛下做的事情，比这些杂碎多十倍！在下是平地哥布林的族长库比利！"

"说什么呢，你这吃蛞蝓的混蛋！整天待在湿地，让你脑袋都发霉了是吧！"

"你才是混蛋呢！脑浆都被太阳晒干了吧！"

就在这两只开始对骂的时候——

哥布林族长们的鼻尖迸出了蓝色的火花，惨叫着往后退去。

"两位，皇帝陛下座前不得无礼。"

一个衣着暴露的年轻女子以妖艳的声音说出这句话，同时放下了举起的右手。就在刚才火花迸出的时候，这个女人的指尖如同打火机的火石一般互相摩擦了一下。

她缓缓站起，仿佛在炫耀那丰满肢体与美艳容貌一般扭过腰，以夸张的动作行了一礼。瓦沙克在加百列的右边低低地吹了一声口哨，而加百列也很能明白他的心情。

她有着仿佛涂了油一般闪闪发亮的咖啡色肌肤，上面只用黑色的亮光皮革遮挡了几处重要部位。靴子上有着如同针一般的高跟，背后披着闪亮着黑色与银色的毛皮披风，闪亮的银色长发披散在外，一直垂到腰部下方。

她的眼影和口红是水色的，眼睛则是丝毫不下于其妆扮的鲜蓝。女人娇媚地眯着眼睛，报上了自己的名字。

"我是暗黑术师公会总长，蒂·爱·艾鲁。我手下有术师三千，而我的身心都是属于陛下的。"

尽管她的举止和声音都如此妖艳，但从未被性冲动控制的加百列只是高雅地点了点头。

自称为蒂的魔女^Witch眨了眨眼，似乎想再说些什么，但最终只是在行了一礼后又跪了下去。

加百列在心里认同她的明智，一边移动视线，一边俯视着将军职位的最后一人。

静静垂着头的，是一个体格在人类中显得出类拔萃的壮年男子。

包裹着他全身的漆黑铠甲上有着无数的破损，反射着黯淡的光泽。就算他低着头，也能看到他的额头与鼻梁上有着淡淡的伤痕。

男人低着头，以沙哑的男中音说道：

"暗黑骑士团团长，比克苏鲁·乌尔·夏斯塔。在奉上我的剑之前……我有事想问皇帝陛下。"

男人终于抬起头来。他脸上那种严肃的表情，加百列也只曾在少数"真正的士兵"身上看到过。

名为夏斯塔的骑士的眼中，有着之前那九个将军没有表现出来的某种决心。他凝视着加百列，以更加低沉的声音问道：

"于此时回归宝座的皇帝，意欲何为？"

原来如此——这些人确实不是单纯的程序。

加百列一边提醒自己要时常注意这一点，一边扮演着无情的皇帝，冷冷地答道：

"血与恐怖。火与破坏。死与哀号。"

在加百列以仿佛经过切削的、如金属般坚硬的声音说出这句话时，将军们的表情猛然绷紧了。

加百列依次看过十个人的脸，高高举起右手指向西面的天空，披风在空中翻飞。

他几乎是自动地说出了充满着虚假征服欲望的台词：

"西方大地，受到那些将朕逐出天界的众神所宠爱。而此刻，保护它的'大门'就快崩溃了。因此朕回来了……朕要让这片大地的每个角落，都知晓朕的威名！"

对于那预定在内部时间一周之后进行的"最终压力测试"，克里特为加百列进行了尽可能详细的说明。而加百列则在这个内容上添油加醋，以如同表演戏剧一般的口吻继续着演说：

"在大门崩塌之时，人界将全部属于我等暗之民！朕所要的，只有那此时同样地出现在那片大地上的'神之巫女'！允许你们随心所欲地屠杀与掠夺其他的人类！这正是所有暗之民盼望许久的——约定之时！"

大厅里猛然沉寂下来——

随后便被一阵尖利而野蛮的呐喊打破了。

"吱！杀！把那些白伊武姆全部杀光！"

兽人族族长跺着双脚，小小的眼睛里翻腾着欲望与愤怒。随后哥布林的两个族长也同时举起双手一起喊道：

"噢噢噢噢噢噢！战争！战争！"

"呜啦！战争啦战争啦！"

吼叫声随即感染了其他的将军，以及站在他们身后的士官们。刺客公会的黑斗篷们摇晃着瘦如枝条的身体，暗黑术师公会的魔女们则是娇声叫喊着，洒出五彩缤纷的火花。

而在充斥着大厅的原始而野蛮的呐喊声中——

加百列发现，只有那个名叫夏斯塔的骑士一直保持着跪地低头的姿势，一动不动。

而这到底是出于其军人的自制，还是某种感情导致的？从他那身着铠甲，宛如一尊雕像的姿态上，什么都看不出来。

* * *

"我真没想到兄弟你还有这样的才能啊！你其实当演员比较有前途吧？"

瓦沙克嬉笑着丢过来一瓶红酒，加百列则是鼻子哼了一声：

"只是为了应付场面而已。倒是你，也去学一些类似的演说方法比较好。毕竟你的地位比他们还要高。"

他用指尖将酒瓶上的瓶塞弹开，喝了一口那红宝石一般的液体，突然想到一个问题：这算不算在作战中饮酒？

瓦沙克则似乎是觉得不喝白不喝，将那貌似很高档的陈年好酒犹如啤酒一般灌进嘴里，然后擦了一下嘴角答道：

"比起下命令、做演说这些事，我更喜欢冲在最前面。毕竟好不容易才进了一个这么厉害的虚拟现实世界啊……这酒和瓶子，根本找不出什么破绽嘛。"

"相对的是，被砍了会痛，也会流血。这里面可没有什么
Pain Absorber
痛觉吸收功能了。"

"这样才好啊。"

加百列对咧嘴笑的瓦沙克耸了耸肩，将瓶子放回桌上，从沙发上站起。

位于黑曜石城堡最顶层的皇帝居所比Glowgen DS总部大楼的董事室还要大得多，能从巨大的窗子眺望整个城市的夜景。虽然这片夜景比起圣地亚哥略显黯淡，颜色也更加单调，却另有一种奇幻风格。

名为诸侯的十位将军为了开战已经离开了城堡，从仓库中搬运物资的辎重部队举着的火把在大道上绵延不绝。之前加百列对负责补给的商业公会首领下令把城里储存的粮食和装备全部用上，应该暂时不用担心士兵们会挨饿受冻了。

他从无数光点上收回视线，走向房间的角落。伸手触摸设置在那里的紫色水晶板——系统控制台。

他迅速地操作着菜单，按下呼叫外部监视者的按钮。在时间加速倍率降低，加百列感受到恢复正常速度的奇妙感觉后，克里特急火火的声音已经从画面中传了出来。

"是队长吗？我这边是看着队长和瓦沙克潜行进去，刚回到主控制室呢！"

"我这边已经是第一天的晚上了。虽然已经了解过了，但是时间加速还真是奇妙啊。总之，现在算是按照计划进行着。单位的准备会在这一两天内完成，预定在两天后进军人界。"

"太棒了。你们要注意，在抓到'爱丽丝'之后，将她带到这里，然后通过菜单上进行面向主控制室的弹出操作。这样'爱丽丝'的光立方就是我们的了。还有一件事，希望队长你听完后能提醒瓦沙克那个笨蛋……"

似乎是听到了克里特的声音，加百列的背后传来了一阵短暂的咒骂声。

"现在无法进行管理者权限的操作，所以无法对账号进行重置。也就是说，如果队长和瓦沙克在那边死了的话，超级账号就无法使用了。到时候可就真的要从一个小卒子重新干起了！"

"嗯……知道了，我就暂时不上前线吧。自卫队^{JSDF}有动向吗？"

"暂时还没有。似乎还没发现队长你们已经潜入。"

"很好。那就结束通话吧。下次联络就得等到抓住爱丽丝之后了。"

"明白，我也期待如此。"

通话窗口关闭之后，随着一丝微弱的不协调感，时间回到了原来的加速倍率。

瓦沙克此时还在一边抱怨，一边和铠甲的卡扣进行着殊死搏斗，最后他终于把所有金属装备都丢到了地上，只留下皮革上衣和裤子站了起来。

"呃，兄弟啊，我想去市中心玩玩……看来不行啊……"

"暂时忍耐一下吧。作战完成之后我给你一个晚上的时间。"

"明白。杀戮和玩女人都得留到最后啊……那我还是老实睡觉去吧。那边的房间就给我用了。"

瓦沙克把关节捏得嘎吱作响，走进旁边的一间寝室后，加百列才长出了一口气，将皇冠从额头上拿下。

气派的披风和长袍也被他放到了沙发上，剑也丢到上面。

以前玩的虚拟现实游戏里，装备一脱下就会回到道具栏里，但看来这个世界里没有这么方便的功能。如果照这样生活一个月，房间里就会乱得不堪入目，不过反正过两天就要离开城堡，下次回来的时候就要退出了。

加百列一边解开上衣的纽扣，一边打开正对着瓦沙克寝室的房门，然后猛地瞪大了眼睛。

　　这也是一个大得出奇的房间，床也豪华得让人惊叹，而在床的旁边，跪着一个小小的人影。

　　加百列记得自己下令过，不准任何人，包括仆人在内走上位于宝座大厅之上的这一层。此刻居然有人敢违抗神的命令，这到底是怎么回事？

　　加百列也想过回去拿剑，但最后还是直接走进寝室，背过手将门关上。

　　"你是谁？"

　　他简短地质问道。

　　回答他的，是一道有些沙哑的女声。

　　"妾身今晚是来为您侍寝的。"

　　"哦……"

　　加百列一侧的眉毛微微动了一下，穿过昏暗的寝室，向床边走来。

　　这个双手按地，跪在地上的年轻女人，身着轻薄衣物，一头灰蓝色的头发被丝带高高地绑起。身体的线条若隐若现，看不出有哪里藏了武器。

　　"谁派你来的？"

　　加百列一边在颜色鲜艳的丝绸床单上坐下一边问道。女人迟疑了一瞬间后，才低声回答：

　　"没有……这只是妾身的职责。"

　　"是吗？"

　　加百列移开视线，用力躺在床的中央。

　　几秒钟后，女人站起身，无声地钻到他的右侧。

　　"请恕妾身无礼……"

女人低语时的脸庞有着一种异国风情的美，就连加百列都为之感叹了一下。虽然肤色很深，脸颊骨一带却有着北欧风格的高贵气质。

加百列仰望着脱下轻薄的衣衫，准备将系着头发的丝带解开的女人，心里涌现出一种感动。

人工摇光居然会做出这样的事情啊。

就算是这样的女人，也还不算真正的AI吗？那么，身为完成品的爱丽丝，又能达到一个怎样的高度呢？

让加百列心动的，并不是女人这种献出身体的行为。

而是——

他已经预测到了那把被女人从松开的头发中拔出，高高举起的尖利匕首。

加百列不慌不忙地抓住了女人的右手，另一只手也迅速举起，抓着她纤细的脖子，将她按在床上。

"呜……"

女人咬着牙，依然在激烈地抗争着，想将匕首刺出去。虽然她的臂力有些超乎预料，但是还不至于让加百列慌乱。他用右手扭着女人拿刀的那只手，左手的大拇指按在她的脖子上，制止了她的动作。

尽管脸庞因为剧痛而扭曲，但女人那灰色的眼睛中浮现的决心没有丝毫减弱。从她坚毅的表情，拙劣的化装，以及结实的肌肉来看，她应该不是什么专业的刺客^{Assassin}。那么，抱有反意的不是那个名叫菲·扎的刺客头领，而是其他九将之一——恐怕就是人类将军中的一个。

加百列靠近女人，问出了和刚才一样的问题。

"谁派你来的？"

而低沉嘶哑的回答，也和刚才一样。

"是我自己的……决定。"

"那么，你的长官是谁？"

"……没有。"

"唔……"

加百列不带一丝感情地，如机械般地思考着。

RATH想突破的，是人工摇光的极限——也就是"无法违抗上位者所赋予的规则、法则以及命令"。

相比起被无数的法规束缚的人界居民，暗黑帝国的臣民显得自由许多，但是本质并没有改变。只是因为对这边的摇光赋予的法则只有一条，所以看起来比较自由而已。

这个法则便是"以力量夺取"。这是一个由有着强大战斗力的人统治下位者的弱肉强食的世界。如果RATH的实验按计划进行，那就算没有加百列的介入，信奉秩序的人界与充斥着混乱的暗之国也将发生激战，然后以这场大战为触媒，进行下一次的突破。

但是因为某些原因，在计划进展到这一步之前，人界就产生了突破界限的摇光。而RATH的那个内奸并没有说在暗之国也产生了相同的摇光。

也就是说，这个凭着一把匕首就想刺杀皇帝的女人，一定还是被至高无上的法则束缚着的灵魂。然而，面对加百列的质问——或者说是命令，她依然没有说出主君的名字。也就是说，比起既是皇帝也是神的加百列所下的命令，这个女人更重视对自己主人的忠诚。换句话说，她认为自己的主君比皇帝更强。

看来，为了今后的作战能够顺利进行，还得清楚地向将军和干部单位们展示自己的战斗力，让他们认识到，加百列——皇帝贝库达才是这个世界里最强的人，但他总不能把将军们都杀了，到底该怎么做呢？

——不。

反正总是要处决一个将军的，就是让这个女人来刺杀自己的那家伙。

该如何才能找出背叛者呢。要再联络一次克里特，让他从外部监视那些将军吗？不，要这样做的话，必须将时间加速固定在一倍，这样就会浪费宝贵的现实世界时间了。

那么——

在经过了一瞬间的思考后，加百列再次往那双灰色的眼中看去。

"为什么要杀朕？是能得到钱，还是能得到地位？"

他没有考虑太多就问出了这样的问题。但是，女人迅速作出的回答，却大大出乎了他的预料。

"为了大义。"

"哦？"

"现在开始战争的话，历史会倒退一百年，不，两百年！绝不能再回到那个弱者会被肆意践踏的时代！"

加百列再次感到些微的惊讶。

这个女人，真的还处在突破之间的阶段吗？还是说，是这个女人的主君，让她说出了刚才的那些话？

加百列将脸凑近，近距离地凝视着那灰色的眼睛。

决心。忠诚。而隐藏在这些下面的感情是……

啊，原来如此。

既然如此，就不需要这个女人了。正确来说，是不需要这个女人的摇光了。

加百列依据自己做出的判断，再也不说一句多余的话，原本只是轻轻抓住女人脖子的左手开始用力。

手上传来了按压颈椎的感觉。女人瞪大了双眼，嘴里发出无声的惨叫。

加百列按住她挣扎的四肢，无情地勒着她的脖子，同时也感受到了和刚才不一样的惊讶。

这里真的是虚拟世界吗？左手感觉到破坏肌肉与软骨的触感，以及肌肤上散发出的那恐惧与痛苦的气息，比现实世界更生动地刺激着他的感官。

他无意识地颤抖起来，左手仿佛条件反射似的不停收缩。

然后，加百列看到了。

双眼紧闭，咬紧牙关的女人的额头上——涌出了闪耀着彩虹色的光芒。

这毫无疑问是那个时候——处理年幼的艾丽西娅时看到的魂之云。

加百列猛然张大嘴巴，将女人的灵魂全部吸了进去。

由恐惧和痛苦产生的苦味。

悔恨和悲伤的酸味。

然后，加百列的舌头沉浸在仿佛来自天堂的甘甜之中。

一些朦胧的景象在他眼前闪过。

年幼的孩子们正在老旧的二层楼房的院子里玩耍，里面有人类，有哥布林，也有兽人。孩子们看向这里的时候，就会露出笑容，张开双手向这里跑来。

在这些影像消失之后，出现的是一个男人的上半身。经过严格锻炼的宽广胸怀，将她温暖地，用力地抱住。

"我爱……你……阁下……"

一丝微弱的声音传出，回响，渐渐变淡。

等一切都消失之后，加百列依然紧紧拥抱着女人的尸骸。

太奇妙了。这体验实在是太奇妙了。

加百列的大部分意识都在为愉悦而颤抖，剩余的部分理性则在为这个现象寻找理由。

收纳着这名女性的摇光的光立方，与加百列自己的摇光通过STL连接起来了。可能就是因为这样，在天命，也就是HP归零的时候，释放出的量子数据片段通过连接逆流了。

但是，理由已经无所谓了。

他终于再次目睹那个他愿意付出一生来追寻的现象。他将死去的女人一直保持到最后的感情——爱——彻底吸收，仔细品尝。这简直就如同倒在荒凉沙漠中的天堂甘露。

还要。

还要更多。

还要杀更多。

加百列仰起头，发出无声的狂笑。

＊　＊　＊

加百列带着一丝满足，看着十个将军和各阵营的干部再次整齐排列，恭敬地低着头的样子。

他们遵从加百列的命令，两天就做完了进攻的准备。从这点来看，搞不好这些将军单位比那些在现实世界的Glowgen DS总部里身居高位的人还要优秀。

加百列甚至觉得，他们已经可以算作完成品了。无可挑剔的事务处理能力，再加上这样的忠诚心。对于要搭载在战争机器人的AI来说，还能再强求什么呢？

不过不能忘记的是，将军们的忠诚心，正是来自于RATH一直耿耿于怀的"人工摇光的问题"。正是因为灵魂里烙印着"拥有最强力量的人统治一切"的大原则，这十个人才会遵从于身为皇帝的加百列——不，是贝库达。同时，在对皇帝的力量产生怀疑的瞬间，任何人都有可能背叛。

这件事如今已经变成了现实。

两天前的晚上，潜入寝室的女刺客。

那个女人想杀死身为最高权力者的皇帝。在她心中，应该存在着比加百列地位更高的人，就是她在临死之际喊的那个"阁下"。而那个人毫无疑问就在眼下这十个人之中。

对她来说，自己的主君比起皇帝贝库达还要强大。那么，那个"阁下"自己也很有可能并非真心向加百列效忠。如果带着这样的将军前往战场，那搞不好会临阵倒戈。

因此，出战之前的最后一个任务，就是必须在这十个人中找出那个"阁下"并处理掉。

同时，也能让剩下的九个人见识皇帝的力量。让他们在摇光之中永远地烙下谁才是最强者的观念。

此刻，加百列·米勒完全没考虑过自己会被眼前这十个单位的其中一个胜过——也就是在一对一的战斗中被打败的可能性。他依然被"Under World只不过是从游戏发展出来的虚拟现实世界，里面存在的单位全部都是人造物品NPC"这样的旧有观念束缚着。

　　　　　　＊　＊　＊

暗黑将军比克苏鲁·乌尔·夏斯塔保持着跪地低头的姿势，脑中回想起了师父的话语。那是二十多年前在暗黑骑士团总部修炼场的一段记忆。

"我师父的师父，是被砍下头颅当场死亡的。师父则是被刺穿胸口，在回城堡的半道上死去的。而我却只是丢了一只手，最后活着回来了。不过，这也没什么可以得意的。"

师父正坐在泛着黑光的地板上，一边说一边举起肘部以下被干脆利落地砍断的右手给夏斯塔看。那个用药止住了血，然后随便缠着绷带的伤口，光是看着就让人觉得疼痛。

这个伤口，是在仅仅三天之前，由暗黑骑士的宿敌，世界最强的剑士，或者该说是最凶恶的怪物——整合骑士长贝尔库利·辛赛西斯·万造成的。

"你知道这意味着什么吗，比克苏鲁？"

当时只有二十岁左右的夏斯塔对此只能摇头。师父将一只手塞回到衣服的怀里，闭上眼睛，缓缓地说道：

"我终于追上了啊。"

"追上……是说追上了那个人吗？"

年轻的夏斯塔怎么也无法压抑住声音中的猜疑之色。没办法，贝尔库利的剑技就是如此地强。在看到师父的右手带着血丝高高飞起的那个瞬间，他仿佛感觉有一根冰柱刺穿了自己的脊背。而在三天后的现在，这种寒意依然没有消失。

"我今年已经五十岁了。但是，别说挥剑的方法，就连握剑的方法，我都感觉还未登峰造极。恐怕再过五年，十年，甚至是快死的时候，我依然会这么想。"

师父平静地叙述着。

"已经活了超过两百年的他，处于一个短命的我们望尘莫及的境界。虽然说起来挺难为情的，但是在双剑交击的瞬间，我真的还有着这样的念头。但是，在惨败而归之后，我才醒悟到那是错的。我的师父，还有我师父的师父一代又一代地挑战那个男人，并不是毫无意义的事——比克苏鲁，终极的剑技是什么？"

面对突如其来的问题，夏斯塔反射性地回答：

"是'无想之剑'。"

"没错。经过长年的修行，与剑化为一体，不想着去斩，不想着去拔，甚至不想着去动而发出的一击，才是剑技的极致。我的师父是这么教我的，而我也是这么教你的。但是啊……比克苏鲁，其实并非如此。在那之上，还有更高的境界。我在被那个怪物砍伤之后，才知道了这件事。"

师父那苍老的脸庞上露出了微微的兴奋之色。夏斯塔虽然

155

也保持着正坐，却也下意识地探出身子。

"您说……还有更高的境界？"

"与无想对立的另一面，是坚定的想法。也就是意志之力啊，比克苏鲁。"

师父突然将被斩断的右手高高举起。

"你看到了吧。那个时候，我是从右上段发动的斩击。那正是无想之斩击，是我一生中最快的一剑。在一开始的时候，确实是比贝尔库利更快。"

"是的……我也是这么认为。"

"但是……但是啊，我的剑本应能将他的防守弹开，却反而被他的剑压了回来，把我的手砍飞了。你能相信吗，比克苏鲁？在那个瞬间，他的剑甚至没有碰到我的剑！"

夏斯塔哑口无言，然后才艰难地摇了摇头。

"这……这怎么可能……"

"这是事实。仿佛是斩击的轨道被看不见的力量给扭转了。那不是术式，也不是武装完全支配术。如果真要说明那个现象的话，只能这么说：我的无想之剑，败在了他两百年来凝练而成的意志力之下。因为他强烈地想象着剑所应划过的轨道，结果成为了不变的事实！"

师父的话语，让夏斯塔一时间无法相信。

意志之力这种无形之物，要如何才能击败确实存在的，沉重而又坚固的剑？

师父似乎是预料到了夏斯塔的反应。他突然摆正姿势，坐在反射着黝黑光泽的地板上，平静地命令道：

"比克苏鲁，我要传授你最后的剑诀——砍了我。"

"您……您说什么呢！好不容易……"

夏斯塔不得不把没出口的"才活了下来"给吞了回去。但是，师父的双眼突然爆发出了强烈的光芒。

"正因为我活了下来，所以你才要砍了我。在被他一剑击败之后，在你心中，我已不是最强者。只要我还活着，你就无法和他平等地战斗。你必须砍了我，不，必须杀了我，然后和他……和贝尔库利站在同样的高度！"

说完之后，师父站起身来，被砍断了的右手如同握着剑一般举起。

"来吧，站起来！然后拔剑，比克苏鲁！"

夏斯塔将剑砍向师父，结束了他的生命。

同时，他也亲身体会到了师父话语中的含义。

师父的右手上握着的无形之刃——名为意志的剑，在两人交错的瞬间与夏斯塔的剑碰撞出激烈的火花，真实地划破了他的脸颊，留下永不消失的伤痕。

年轻的夏斯塔带着满脸的泪水与鲜血，站在了超越"无想之剑"的极致——也就是"心意之剑"的门坎上。

然后岁月流逝——来到五年之前。

夏斯塔终于挑战了暗黑骑士的仇敌——整合骑士长贝尔库利。在三十七岁的时候，他感觉到自己的剑已经达到了巅峰。

虽然师父用一只手换来了性命，但是夏斯塔没有在失败后活着回去的打算。因为，夏斯塔并没有培养一个能作为自己继承人的弟子。他不想让年轻人背负起杀死师父，将来又被徒弟所杀的命运。他决定以自己的生命为代价，将这道染满了鲜血的连锁就此斩断。

带着他的一切决心与觉悟——也就是"心意力"的剑，和贝尔库利的第一剑正面碰撞后相持起来，并没有被弹开。但在那时，夏斯塔预感到了自己的失败，因为他不觉得自己还能使出同样沉重的一剑。

但是，在相持的时候，贝尔库利发出了豪爽的笑声，低声说道：

"好剑法。光凭那种凝聚着杀意的剑，是无法接下我的剑的。好好思考一下这句话的意思，五年后再来吧，小子。"

然后整合骑士长便自己后退，悠然地离去了。虽然他的背影看起来满是破绽，但不知为何，夏斯塔无法下手。

要理解贝尔库利话中的含义，需要漫长的时间。不过在经过五年后的现在，他觉得自己明白了。如果那个时候夏斯塔的剑上承载的只有杀意与憎恨，恐怕会立刻败在对方的剑下。尽管只有一招，但能与贝尔库利不相上下，是因为他心中有着比杀意更沉重的觉悟。

那就是——对以生命为代价传授技艺的前辈的感谢，以及对继承自己道路的年轻后辈的祝福。

因此，夏斯塔在接到最高祭司的死讯之时，就马上决定开始和平谈判。他可以肯定，贝尔库利绝对会接受他的提议。

基于同样的理由——

他必须杀死那个突然降临在黑曜石城堡，不由分说便决定开战的皇帝贝库达。

即使下跪低头，夏斯塔也依然在凝练着要加持在必杀一剑上的心意。

失踪了数百年后复活的皇帝，是个有着白皙皮肤和金发的年轻人，简直如同人界的居民。不管是体格还是容貌，都没有什么气势可言。

不过，只有那两只蓝色的眼睛，显示着这个皇帝并非等闲之辈。在那眼睛深处的是虚无，是吸收一切光芒的无底深渊。这个男人有着一种巨大而且邪恶的饥渴。

如果凝练的心意之力被皇帝的虚无吞噬殆尽的话，剑就无法伤害到他。

到时候，恐怕就意味着暗黑将军夏斯塔的死。不过，他的意志会被后来者继承下去。

他唯一的遗憾，就是昨天莉碧雅没有回到房间，让自己未能向她传达自己的决心。是在忙于出征前的杂务吗，又或者是去了她重要的"家"呢。

如果对她说出了要杀死皇帝的计划，她一定会要求和自己一起行动，怎么劝都劝不动吧。所以现在这样反倒是好事。

夏斯塔缓缓地吸进一口气，将它积蓄在体内。

他轻轻地移动左手的指尖，摸着从腰上取下此时放在地上的爱剑。

他离宝座大概有十五梅尔。只要往前冲两步便可跨越这段距离。

不可以让对方察觉到自己一开始的行动。拔剑时必须保持无想。

他将打磨到极限的心意之力，通过手指注入到剑中。然后让自己的身体变为一片空白。

他的左手准备抓起剑鞘——

就在此时。

皇帝以如玻璃一般坚硬而光滑的声音，若无其事地说道：

"说起来，前天晚上，有人潜入了朕的寝室呢。头发里还藏着短剑。"

压抑着的惊叹在大厅里响起。

排在夏斯塔左边的九个诸侯里，有人微微屏息，有人从喉咙深处发出低吼，也有些人将身子缩在厚厚的斗篷下。后方的干部们也有几人发出了惊呼。

夏斯塔也同样感到了惊讶。他保持着即将发动攻击的姿势，迅速地思考着。

除了他之外，也有人得出了必须除掉皇帝的结论。不过遗憾的是，既然现在皇帝完好地出现在这里，那就表示那个人失败了——但是，派出刺客的到底是这九人里的谁呢？

不可能是那五个亚人诸侯。巨人、食人魔以及兽人就不用说了，就算是相比之下显得矮小的哥布林族，也不可能躲过卫兵的耳目，潜入到最顶层。

那人族的四个诸侯呢？首先可以将身为拳头士领导者的年轻人伊斯卡恩，以及商业公会首领兰吉尔排除。伊斯卡恩是一个只想将空手斗技推向巅峰的直肠子少年，而兰吉尔的地位决定了他在战争开始后能发大财。

从潜入寝室这种手法来看，身为刺客公会头领的菲·扎也很可疑，而且夏斯塔也无法把握那个男人的想法，但是刺客使用的是短剑，这就无法理解了。

刺客公会在那阴暗的洞穴里不停研究的并不是术式，也不是剑技，而是第三种力量——毒。菲·扎一族是在术式行使权限和武器操作权限上都不突出的人为了活下去而聚在一起的集团。他们有着自己独特的规矩，能够使用的武器只有涂了毒的隐针和吹针，短剑自然不包括在内。

而按照这个理由，就跪在他旁边的暗黑术师总长蒂·爱·艾鲁也必须排除。虽然这个仿佛浑身都以权力欲构成的女人干得出砍下皇帝的脑袋，以此来让自己成为暗黑界最高统治者的事情，但如果是她派出的刺客，使用的就不是短剑，而应该是术式了。

但这样一来，派出刺客的人就不在这九个诸侯之中了。

剩下的只有一个，那就是暗黑骑士长夏斯塔自己。

但是，他自然没干过这种事。他早已决定要付出自己的性命来挥剑，将皇帝除掉。别说命令部下们去刺杀了，甚至连自己心中隐藏的决心自己也从未——

不。

不对……

不会吧。

在皇帝提到刺客的事情之后，夏斯塔转瞬间便做出了这样的思考，觉得摸在剑鞘上的左手指尖都变得冰凉。

凝练的意志力瞬间变质。变成了忧虑、不安、恐惧，以及不祥的预感。

几乎是在同时，皇帝贝库达说出了第二句话。

"朕不打算追究是谁派出的刺客。使用自己的力量来得到更大的力量，这样的气概很好。如果想要朕的脑袋，可以随时在背后给我一剑。"

皇帝俯视了一眼再次响起低声惊呼的大厅，白皙的脸上第一次出现了称得上是表情的东西——他露出了淡淡的微笑。

"当然，前提是你们要清楚，这样的赌博，需要付出相应的代价。比如说……就像这样。"

皇帝的手从漆黑的长袍中深处，轻轻打了个手势。

随后，宝座的侧面，也就是在夏斯塔东侧的墙上设置的一扇门无声地打开了，女仆无声地走了进来。她的双手捧着一个大大的银盆，上面放着一个四角形的东西，不过因为被黑布盖着，看不出到底是什么。

女仆将银盆放在宝座面前，对皇帝恭敬地行了一礼后，再次回到了门后。

在一片紧张的寂静之中，皇帝贝库达带着一丝扭曲的笑容，伸出长靴的鞋尖，踩在覆盖着银盆的布上，一脚将它踢开。

全身僵硬的夏斯塔看到的——

是一个反射着蓝光的透明冰块立方体。

以及封闭在它内部的、长眠不醒的爱人的脸庞。

"莉……碧……"

夏斯塔无声地念着她的名字。

他知道暗黑骑士莉碧雅·赞克尔在偷偷地经营着孤儿院。她不分种族地抚养着那些失去亲人，注定会死在荒郊野外的孩子。在她的这种行为中，夏斯塔看到了未来的希望。

所以夏斯塔才只对莉碧雅一人讲述过自己的理想。这个遥远的梦想，便是消除与人界的慢性战争状态，开创一个并非互相掠夺，而是互相扶持的世界。

但是，这却导致了莉碧雅去刺杀皇帝，最后以这种凄惨的样子出现在所有人的面前。杀了她的人虽然是皇帝——但同时也是夏斯塔自己。这点毫无疑问。

一阵短暂却因此而显得无比巨大的悔恨与自责的风暴，在夏斯塔那空虚的心中吹起。

仅仅是一瞬间，它就变成了一种黑色的感情。

杀意。

杀了他。不管付出任何代价，也要杀了那个在宝座上跷着脚，脸上带着微笑的男人。

哪怕代价是自己的性命，以及暗黑帝国的未来。

＊　＊　＊

好了，那位"阁下"到底是谁呢。

加百列带着一丝些微的兴趣，眺望着跪在自己下方的十个首领单位。

那个女刺客是真心爱着自己的主人。将女人在临死之前放出的、那犹如天堂甘露一般的感情吸收殆尽的加百列，能够充分理解——尽管只是将其当做模式化的数据——女人的爱意，以及那个阁下对女人抱有的爱情的实质。

所以，他确定只要将女人的头颅如此展示出来，那个被称之为阁下的人物就一定会有所行动。只要将那个敢于对自己动手的反叛单位无情地处决，剩下的单位就会因为恐惧而提高忠诚度。就像在现实世界里，他为了打发时间而玩的模拟游戏一样。

真是一群可怜又让人愉快的家伙啊。

尽管拥有真正的灵魂，智慧却被限制住了，然后不管怎么杀都能随便重新生产。当包括主机和光立方在内的Under World全部落入自己手中的那一天，那从小折磨自己的饥渴一定可以得到充分的满足。

加百列将手肘架在宝座的扶手上，托着自己的脸，轻松地等待着。

和单位们的距离超过十五米。不管是用任何武器发动的攻击，自己都能用左腰上装备的剑轻松迎击。

当然，对那种以"System call"起始的命令攻击来说，这点准备还不够。但是在登录之前，加百列就打消了这个顾虑。

超级账号"暗神贝库达"是RATH的工作人员为了强制介入暗黑帝国而设定的。因此，被称之为天命的HP十分庞大，装备的剑也是最强的。更重要的是，贝库达还有着无法被他人的一切命令指定为对象的作弊属性。

被如此多的条件庇护着的贝库达，在位于十个单位最左边的那个身穿漆黑铠甲的骑士猛然弓起背的时候——

在骑士的全身，被如阴影一般的光环包裹住的时候——

在骑士的左手如闪电一般握住地上的剑，同时猛然抬起头，刚毅的脸上两只眼睛放射出不属于人类的深红光芒的时候——

他依然没有完全明白正在发生什么现象。

他不明白，这个世界既是物理服务器内部运算的程序，同时也是与人类摇光等同的光量子所构建的"现实之梦"。

也不明白，黑骑士爆发出的那纯粹而强烈的杀意，将从他的光立方传达到主视觉化机，然后通过量子通讯线路，直达加百列连接的STL。

Main Visualizer

＊ ＊ ＊

夏斯塔那染成一片鲜红的视野之中，只剩下皇帝一人。

他以平生最快的动作挥动右手，拔出了剑。

出鞘的是他自师父那里继承的神器，但此刻这把长刀"胧霞"的刀身却不是他所熟悉的灰色。那长而大的刀刃正如它的名字那样，被仿佛夜雾一般浓重的雾霭所包裹，卷成了漩涡。

夏斯塔并不知道，这个现象的原理，正是暗黑骑士团经过长年研究也未能参透的整合骑士终极绝技——武装完全支配术。但就算知道了，他也不在乎了。

"杀！"

随着短暂的怒吼，夏斯塔将一切愤怒、憎恨以及悲哀注入到爱刀之上，高高挥起。

⊢3

从人界的北端，前往东域的尽头。

不管是整合骑士爱丽丝，还是出生于西帝国的雨缘，都是第一次来到四帝国中最为神秘的伊斯塔巴列斯东帝国。

在她下方连绵不绝的奇石之间，如琉璃一般的蓝色河水正滔滔不绝地流淌。偶尔出现在河畔的城市与村庄也和北方不同，不是以石头搭成，而是主要以木材建造。

那些看着天空对自己指指点点的人，头发几乎都是黑色的。爱丽丝突然想起来，那个和自己怎么也合不来的整合骑士团副团长法那提欧，好像就是来自东帝国。

她将视线收回，看向此时靠在手握缰绳的自己身上，呆呆地看着天空的桐人。他的头发也是漆黑的，可能也是出生于东域吧。爱丽丝也想过，如果带着桐人降落到城市，与那些人接触的话，也许能够帮助他取回自己的心。但此刻必须尽快赶往目的地才行。

夜里在远离人群的地方露营，一边吃着雨缘抓来的鱼和干果充饥一边赶路，就这样过了三天——

11月2日的下午，和北方没有什么不同的尽头山脉，以及那条仿佛由神开辟的峡谷终于出现在爱丽丝的面前。

"看到了啊，桐人。"

爱丽丝低语着，轻轻抚摸背着重负长途跋涉的爱龙的脖子。在魔兽已经逐渐消失的现在，飞龙堪称有着最高等级天命的生物，但要背着两个人与三把神器飞行也绝不轻松。这半年来大肆吃鱼所积攒起来的力量似乎已经全部耗光了。

爱丽丝决定，在到达营地之后，一定要让它尽情地吃够喜欢的煮羊肉。她甩了一下缰绳，雨缘以完全感觉不到疲惫的声音回应之后，用力拍动了翅膀。

那远远望去如同一道细缝的峡谷，在靠近之后才发现它的规模实在庞大。

峡谷的宽度大概达到了一百梅尔，足以让兽人和食人魔的大军排成横队突进。

在贯穿山体笔直往前延伸的峡谷前方，有着一片将出口团团包围的草原。无数的白色帐篷整齐地在草原上排开，构成了一个巨大的营地。到处都有炊烟升起，而旁边的士兵们正在忙于训练。他们手中的剑反射的光辉以及散发出的气势，都直上云霄。

看来士气并没有低落到要让爱丽丝担心，但是士兵的绝对数量依然太少。爱丽丝大致看了一下，感觉总数还不到三千。而暗黑帝国的侵略军大概会不下于五万。在人界，只有部分人才会得到士兵与卫士的天职，而在山脉的另一头，不管男女老幼，只要可以战斗都能成为士兵。

爱丽丝并不觉得在现在这种情况下，自己一个人参战会对战局造成什么改变。骑士长贝尔库利到底想出了什么样的防御战术呢……

爱丽丝沉思着，驾驭飞龙越过营地，飞向昏暗的峡谷。

"抱歉啊，雨缘，再飞一会儿吧。"

在雨缘"咕噜噜"地回答了她之后，索鲁斯之光就被山体遮挡了。

在进入峡谷的瞬间，一阵足以让人打冷战的寒气就将爱丽丝包裹起来。左右的石壁无比光滑，让人深信它就是神的手笔。上面别说生物了，连一草一木都看不到。

而在低速飞行了数分钟后——

在那飘荡的雾霭前方，终于出现了一个大得难以想象的巨大建筑物。

"这就是……'东之大门'？"

这道垂直耸立的灰色大门，从底部到顶端的距离应该达到了三百梅尔。虽然比高达五百梅尔的公理教会中央大圣堂要低，但是压迫感却毫不逊色。

更让人惊讶的是，左右两道门扇都是从一整块岩石上切出来的，上面看不到一丝拼接的痕迹。在爱丽丝看来，如此庞大的工程，别说是以人手进行加工，就算用上神圣术也绝不可能完成。最高祭司阿多米尼斯多雷特制造的最大建筑物是将央都圣托利亚四等分的"不朽壁垒"，而构成它的单块墙壁，都比这道门要小得太多。

为了分隔人界与暗之国——同时也是为了制造三百多年后的惨剧，世界诞生之时，神在这片土地上建立了这道大门。

"停下，雨缘。"

爱丽丝让飞龙在空中停止，再次近距离地仰望这道门。

在两百梅尔左右的高度，有一片仿佛要将构成左右门扇的岩石连接起来的神圣文字。

"Destruct...at...the...last...stage..."

爱丽丝好不容易才把中间那一行念了出来，但是她完全不明白其中的含义。

就在她感到疑惑的时候，一阵猛烈的破碎声突然响起，将她和雨缘都吓了一跳。爱丽丝一边抚摸着龙的脖子，一边仔细看去，发现刚才还无比光滑的门板上，有了一道如同漆黑闪电的细小裂痕。

龟裂在延伸了几十梅尔之后终于停了下来。几片岩石从它周围剥落下来，落到了下方的谷底。

爱丽丝抬起头，再次看向巨大的门板，此时她才发现，整个平滑的石板上，到处都有着如网一般的细密裂痕。

爱丽丝轻轻挥动缰绳，让飞龙尽量接近大门。

她有些恐惧地伸出左手，迅速地在空中画出史提西亚之印，然后轻轻地敲了敲门的表面。

浮现出的紫色"窗口"上，记录着东之大门的天命最大值以及现有值。

右边的数字，在爱丽丝迄今为止见过的许多天命数值中属于最高的等级——超过三百万的庞大数字。但左边的数字"2985"，还不到右边的千分之一。而就在她愕然地注视着的时候，现有值就在她的眼前变成了"2984"。

爱丽丝感受着掌心中渗出的汗水，计算着数字再次减少所需的时间，然后大概估计出了天命完全消失的剩余时间。

"怎么会……"

爱丽丝难以相信自己的头脑所得出的答案，喃喃自语着。

"五天……只剩下……五天？"

将两个世界隔绝了三百多年的大门，在仅仅五天之后就要崩塌——怎么可能会有这种事情？

赛鲁卡那灿烂的笑容，卡利塔老人那布满深深皱纹的脸庞，以及父亲卡斯弗特那不苟言笑的表情从爱丽丝脑中依次闪过。仅仅在几天之前，她才打退了袭击他们的哥布林，将洞窟用冰封住了。当时她以为，卢利特应该能暂时得到和平。

如果大门在五天之后崩溃，黑暗军团大举进攻，守备军又没能防住的话，那么那些渴求鲜血的怪物将会犹如洪水一般席卷人界。这道波浪很快会到达北部边境，将卢利特村吞噬。

"得想办法……得想点办法才行……"

爱丽丝呆滞地自言自语着，下意识地拉紧了缰绳。雨缘从即将崩溃的大门前离开，缓缓地拍着翅膀上升。

在来到高达三百梅尔的大门顶端后，它再次悬停在空中。

门的对面和人界这边一样，有一条切开山脉的峡谷笔直延伸出去。但是，在那条峡谷的尽头没有蓝天和绿草，只有血色的天空和仿佛撒满木炭的暗黑帝国荒野。

就在爱丽丝打算将视线从这不祥的景象上移开的时候，她猛然眯起了眼睛——因为她在那片勉强能看到的黑色大地上发现了摇动的光芒。

于是她让雨缘继续上升，仔细地进行观察。光芒并不只一道。它们不规则地聚集在一起，遍布在整个大地上。

那些都是篝火。

也就是说，那里是营地。黑暗军团的前锋，已经来到人界的眼皮底下，准备大举进攻。他们等待的，就是大门崩塌，通往人界的道路畅通的那一刻。

"还有……五天……"

爱丽丝以沙哑的声音再次喃喃地说道。

随后，她让飞龙转过身去。如果一直盯着那无数的篝火，她搞不好会被焦躁吞噬，独自一人杀入敌阵。

如果真的那样做，她有信心可以解决几百个哥布林和兽人步兵然后全身而退。但如果敌军中有着食人魔的弓兵，或者是暗黑术师的大部队，那就没那么容易了。

就算整合骑士能够以一当千，那也只是个人的力量。只要在剑技和术式无法到达的后方发动集中的远程攻击，那整合骑士就必然会受伤。哪怕只是轻伤，只要累积起来，总会在某个时候夺走全部的天命。骑士长贝尔库利多年来所忧虑的，正是整合骑士团——甚至是整个人界守卫力量的这个最大弱点。

追求将战斗力凝聚到一点的最高祭司阿多米尼斯多雷特已死，深藏在大圣堂里的大量武器与防具也已经全部分发给紧急打造的守备军了。但是剩下的时间实在是太少了，己方至少要有一万的兵力，以及一年的准备时间——

爱丽丝叹了口气，不再去思考这些没用的事情，对雨缘做出了降落的指示。

守备队营地的正中央有一块宽广的空地。爱丽丝在看到空地旁边排列着巨大的帐篷后，就确定那里是飞龙的起落场。

雨缘划出一道弧线降落，在它四肢的勾爪还没碰到绿色的草地时，就已经朝帐篷那边伸长了脖子，喉咙里发出仿佛撒娇一般的咕噜声。

很快，一阵显得略微低沉的声音就做出了回答。应该是雨缘的哥哥泷剡吧。在龙停稳之后，爱丽丝马上抱着桐人跳到草地上，将沉重的行李袋从龙的脚上卸下。然后雨缘就马上跑到帐篷边上，和从厚布下伸出脑袋的哥哥互相擦着脖子。

爱丽丝不由得露出了微笑，但很快就察觉到在后方朝自己走来的脚步声，慌忙又绷紧了脸。她整理了一下朴素的裙子，将被风吹乱的头发披到背后。

还没等她回过头去，一道熟悉的男声便响彻了整个起落场。

"老师！爱丽丝老师！我一直相信你会来的！"

滑着脚步绕到爱丽丝面前的，是十天前刚与她喝过离别酒的整合骑士，艾尔多利耶·辛赛西斯·萨蒂万。尽管是在营地之中，但是他那紫色的卷发以及银色的盔甲上依然没有一丝污迹。

"……看来你很精神啊。"

尽管爱丽丝的回答很是冷淡，但艾尔多利耶依然十分感动地想要说些什么，但他的嘴猛然僵住了。

因为他看到了爱丽丝的左手扶着的黑发年轻人。

年轻的骑士绷紧自己的半边脸颊，将头猛然后仰，做出一种难以置信的表情喊道：

"把他……带来了。为什么？"

爱丽丝也尽力地挺直自己的脊背，回答道：

"那是自然。因为我发过誓要守护他。"

"但、但是……如果开战，我们整合骑士就必须一直站在最前线。和敌军交战的时候要怎么办？总不会要背着他吧？"

"有必要的话我会这么做。"

爱丽丝微微往右侧身，仿佛要将桐人那无法自己站立的瘦削躯体遮挡起来。但是，在起落场周围休息的士兵甚至是下级整合骑士此时已经三三两两地聚集起来，用惊讶的眼神看着站在一起的爱丽丝和桐人。

在如波浪一般的议论声中，艾尔多利耶尖锐地反驳道：

"不可啊，老师！恕我直言，带着这种无用的累赘，不只会让老师你的剑力减半，甚至可能让你遇到危险！爱丽丝大人，你在即将到来的战斗中……"

他的话语猛然停顿，然后用戴着闪亮银色护手的手指向周围的士兵。

"有着统率他们战斗的责任！身处于这样的位置，你又怎能不发挥自己的全部力量！"

他说得很有道理，但是爱丽丝不能简单地接受。她咬紧牙关，思考着要如何说明，对于自己来说，两者——为了人界而战，以及保护桐人，都是同样重要的事情。

同时，对弟子这番热切的话语，她也觉得有些惊讶。

和过去在中央大圣堂接受爱丽丝的剑术教导时相比，他明显不同了。当时的艾尔多利耶十分崇拜爱丽丝，不管爱丽丝说什么，他都绝对不会反驳。

这个世界的人类被神秘的"外界之神"在右眼上施加了封印，变得绝对无法违抗法律或者上位者的命令。就爱丽丝所知，成功地自我突破封印的，只有爱丽丝自己，和已经去世的蓝蔷薇剑士尤吉欧。就连权限与神等同的最高祭司阿多米尼斯多雷特和贤者卡迪纳尔，都不能反抗这道封印。

此时的艾尔多利耶应该还会受到那个封印的影响。虽然他还不能算是在明确地反抗爱丽丝说的话，却也已经脱离了当初的盲从。他会自己去思考，陈述自己的意见。

为他带来这种变化的，恐怕就是桐人，以及尤吉欧。

尽管与身为世界上最大的叛逆者，同时也是伟大剑士的那两人仅有过短暂的接触，但那段经历肯定也强烈地震撼了艾尔多利耶的灵魂。

现在想来，在卢利特村生活的妹妹赛鲁卡，也抱怨过村子那一成不变的规矩，以及有权有势的人头脑里顽固的想法。也许，爱丽丝要将桐人和尤吉欧从北圣托利亚修剑学院带走时跑出来的那两个女学生也是。年纪轻轻的少女居然会叫住整合骑士，这本来是不可能发生的事情。

然后，自然还有——爱丽丝自己。

在和桐人双剑相交，落到大圣堂之外的那一刻之前，她对于世界的结构，教会的统治，以及最高祭司的神行，都没有丝毫的怀疑。

但是，在无奈地合力摆脱危机，接受了停战的约定，沿着外墙往上爬的这段时间里，桐人一直在用他的话语，他的剑，以及那双漆黑的眼睛强烈地震撼着爱丽丝。甚至在最后让她打破了右眼的封印……

是的，桐人是对这个充满虚伪和谐的世界挥下的天谴之锤。他以蕴含在灵魂中的力量撼动了这个世界，让它震动起来，最终敲碎了那颗名为公理教会，插在人界中心数百年的巨大钉子。但是代价就是，他失去了挚友尤吉欧和导师卡迪纳尔，还有自己的心……

爱丽丝用力地抱紧了左手支撑着的瘦削身躯，然后直视艾尔多利耶的双眼。

她想告诉艾尔多利耶——你之所以能是现在的你，都是因为曾和这个人战斗过。但是他肯定是不会理解的吧。对整合骑士团来说，桐人现在依然只是一个不可饶恕的叛逆者。

看着默默地站在他眼前的爱丽丝，艾尔多利耶露出了心痛如绞的表情，还想说些什么。

但就在此时，周围的人墙仿佛被无形的巨人之手分开似的，露出一道缝隙。

从人墙后传来的，是那让爱丽丝怀念得快要流泪，同时又让她紧张得痛苦的声音。

"算啦，别那么生气嘛，艾尔多利耶。"

爱丽丝将视线从迅速站直的年轻骑士身上移开，缓缓转过身去，看向声音的主人。

他穿着饱含东域风情，前襟左右相交的宽松衣服，其稍低一点的位置上绑着一根很宽的带子。左腰上插着一把外观粗糙的长剑，双脚上套着奇异的木制鞋子。

和周围的骑士与士兵相比，他的装备要轻便得多。但是，从那长年锻炼的身体散发出的压力，比任何铠甲都要更加厚重。

他摸了摸自己那头颜色与衣服相似的淡蓝色短发，嘴角露出一丝笑容。

"哟，小姑娘。你比我想象中更有精神嘛，这样我就放心了。"

"……叔叔，久疏问候，还望见谅。"

爱丽丝拼命地忍住快要流下的眼泪，对世界上最古老也是最强的剑士——整合骑士长贝尔库利·辛赛西斯·万行了一礼。

在成为整合骑士的六年里，爱丽丝只对他一人敞开心扉，并尊他为师，敬他为父。同时，他也是爱丽丝心目中唯一一个——除了桐人之外——绝对无法战胜的剑士。

所以，现在不能让他看到自己的眼泪。

如果贝尔库利认为不能将桐人安置在这里，自己就只能遵从。当然，现在的爱丽丝不会被他的命令束缚。但是，在众人面前反抗的话，会动摇骑士团和守备军的秩序。决战在五天之后就将到来，此时绝对不能让贝尔库利的指挥权有任何损伤。

贝尔库利仿佛看出了爱丽丝的纠结，他带着充满着大大咧咧的温和微笑，缓缓向爱丽丝走去。

骑士长以一个眼神制止了身后还想说些什么的艾尔多利耶，然后看向被爱丽丝扶着的桐人。

他紧紧抿起了嘴。眼中亮起如蓝白火焰一般的光芒。

贝尔库利长吸了一口气，爱丽丝感觉到周围的空气都变得冰冷起来。

"叔叔……"

爱丽丝好不容易才挤出了这么一句话。

贝尔库利在凝练剑气。他要使出的，正是只传授给整合骑士的"心意技"——在以心之力移动物体的"心意之手"之上的秘术，"心意之剑"。

那是以凝练出的意志力加持在剑上，然后射出的剑技。有时候，这种无形之剑甚至能将敌人的实体剑刃打飞。骑士长拥有的神器"时穿剑"那能够斩断未来的武装完全支配术，正是因为他有着超高的意志力才得以实现。

也就是说——贝尔库利想要杀了桐人。

如果他想要靠这种一刀两断的方法来解决问题，那爱丽丝绝对无法接受。真到了那个时候，她就必须拔剑来守护桐人。

在骑士长那强烈至极的剑气的压迫下，不管是周围的士兵，还是艾尔多利耶，甚至是帐篷里的飞龙都沉默了下来。在这被压缩到连呼吸都变得困难的空气中，爱丽丝拼命地想要调动右手的手指。

但是，在爱丽丝即将握到爱剑的剑柄时，贝尔库利的嘴微微一动，爱丽丝仿佛听到了他的心声。

——没事的，小姑娘。

"？"

就在爱丽丝猛然屏住呼吸的瞬间——

贝尔库利一动不动，双眼却放射出了极为可怕的光芒。

同时，被爱丽丝扶着的桐人身体猛然颤抖了一下。

锵！随着一道清脆的声响，贝尔库利和桐人之间的空中，迸射出一道银色的闪光。

——这是怎么回事？

爱丽丝因为过于惊讶而微微喘息起来，贝尔库利则是已经收起了刚才的剑气，露出了大大咧咧的笑容。

"叔……叔叔？"

骑士长看着呆然的爱丽丝，像是刚练完剑似的，用指尖挠着自己的下巴说道：

"小姑娘，刚才你看见了吗？"

"是……是的。虽然只是一瞬间……但确实是双剑交击的光芒……"

"嗯，我对这个年轻人放出了心意之剑……不，应该只能算是心意之短刀吧。如果打中的话，至少能削掉一块面皮才是。"

"如果……打中？也就是说……"

"没错，被挡下来了。这个年轻人用的，正是他自己的心意。"

爱丽丝不由得看向被自己用左手扶着的桐人的脸。

但是，她很快就失望了。那微微张开的黑色眼睛中，只有一片虚无的黑暗，脸上依然没有任何的表情。

——但是，刚才他的身体确实是颤抖了一下。

爱丽丝用右手抚摸着桐人的头发，看向贝尔库利。骑士长摇着头，很明确地做出了结论。

"他的心似乎并不在这里……但是，还没有死。我必须说，刚才这个小子想保护的不是他自己，而是你啊，小姑娘。所以，我觉得他总有一天会回来的。就在你真正需要他的那个时候。"

爱丽丝必须比刚才费更多的力气，才能忍住即将再次决堤的泪水。

——是的，一定会回来的。

——毕竟，桐人他……只有桐人，才是这个世界最强的剑士。挥舞着双剑的他，甚至连那个半神人都能击败。

——我不敢说是为了我。但是，为了生活在这个世界上的人们，请你回来吧……

爱丽丝终于再也忍耐不住，双手用力地抱紧了桐人的身体。背后传来了骑士长犹如教诲一般的声音。

"所以就这样啦，艾尔多利耶。别计较太多了，照顾一个年轻人而已。"

"但……但是……"

资历最浅的整合骑士展现出了让人钦佩的气概，向资历最老的整合骑士陈述着自己的意见。

"如果他能起到哪怕一点作用那还好说，但以他现在的状态……而且，就算他真的恢复了神智，一个学生的剑术又能如何……"

"喂喂。"

贝尔库利的声音中带着和蔼的笑容，但又有着如名剑一般的锋利。

"你忘了吗？这个小子的搭档可是赢过我的。赢过了整合骑士长贝尔库利·辛赛西斯·万啊。"

周围瞬间陷入了寂静。

"那个叫尤吉欧的小子……真的很强啊，强到难以想象。我连时穿剑的完全支配术都用出来了啊。即使如此还是输了。就像你、迪索尔巴德，还有法那提欧那样输了。"

这下连艾尔多利耶也说不出什么了。这也是理所当然的，能在一对一决中赢过贝尔库利的剑士，别说是整合骑士团了，哪怕是在大门对面的暗黑帝国中也绝不存在——公理教会的所有人都是这么认为的。

但是，从某种意义上来说，这样的宣言是极为危险的。

骑士长贝尔库利是凭着最强者的权威才拉起了这么一个临时打造的守备军。但是，此刻他却告诉大家，有尤吉欧这么一个能够打败自己的剑士——同时又承认桐人和尤吉欧有着同等实力……

就在爱丽丝想到这里，想要抬起头来的时候。

贝尔库利猛然抬头看向天空。

"叔……叔叔？"

面对爱丽丝的询问，骑士长回答了一句出人意料的话语。

"在很远的地方，有一道庞大的剑气猛然膨胀，然后消失了……某个我认识的人死了……"

14

构成暗之国"十侯会议"的十个诸侯，他们的性格，作风，就连隐藏着的野心都完全不同，但有一处是完全相同的。

那就是，他们比任何人都要清楚"力量决定一切"这个唯一的法则。

或者说，正是因为这个法则自小便镌刻在灵魂之内，他们才能通过不断的努力——不管是锻炼自己，还是消灭异己——在这个以血洗血的世界中爬到接近顶点的位置。

因此——

与夏斯塔并列的那九个诸侯，在看到最右边的暗黑骑士长以惊人的气势对皇帝拔剑的时候，并没有感到太过惊讶。

反而是很多人在感慨"居然敢在这里动手，真够大胆的"。即使是在这三百年来，语言能力，也就是智能退化了的兽人族与食人魔族的两个族长，也在兽眼中闪烁着锐利的光芒，想着"这样就能明白那个叫皇帝的家伙有多强了"。至于年轻的拳斗士首席，则是因为一直对同为求道者的夏斯塔抱有敬意，甚至在内心里喊着"既然拔剑了就把皇帝干掉！"来为他加油。

而在这些人中，还有两人是在几秒之前就预测到了这样的情况。

一个是暗黑术师公会总长蒂·爱·艾鲁。她和夏斯塔一直都有着强烈的冲突，甚至计划过绑架暗黑将军的情人，所以早就看到过莉碧雅的脸了。

所以，相比起现在，反而是看到莉碧雅被冰冻的头颅时还更加惊讶。她很快便猜测到夏斯塔可能会在愤怒之下对皇帝拔剑相向，并思考起到时该如何行动。

她也想过用术式攻击夏斯塔的后背，以此向皇帝卖个人情，但最后还是决定旁观。如果夏斯塔败在皇帝手上也是一件好事，而万一是夏斯塔赢了，肯定也已经身负重伤。到时候她就可以烧死自己的仇敌，让自己掌握暗之国的霸权。她在内心中发出得逞的笑声，轻舔了一下嘴唇来压抑住兴奋。

然后，察觉到暗黑将军叛意的另外一人——

则是迅速地展开了行动。

   * * *

夏斯塔的内心只有一个"杀"字，高高地挥起爱刀。

如果光看长刀上灌注的心意强度，绝对已经超过了过去和整合骑士长贝尔库利对决的那一刀。他的怒意与悲伤是如此强烈，甚至引发了原本需要冗长术式的完全支配现象。

夏斯塔的长刀"胧霞"，是Under World这个基于虚拟现实网游数据包建立的世界在两百年前自动生成的神器级物体。属性是"水"，能够对夏斯塔那强烈至极的杀意产生回应，刀身从实体转化为雾状的阴影，却依然拥有着一击必杀的威力。

处于完全支配状态的胧霞，其特性就是能将所有的剑都拥有的"以刃将对象物体切断或者贯通来造成伤害"这个攻击进程彻底省略。任何人只要碰到那延伸出去的雾气，就会马上对天命数值造成斩击属性的伤害。也就是说，任何防御都不起作用，只能回避。

皇帝贝库达——也就是加百列在夏斯塔拔剑的时候已经将剑从腰上拔出，准备挡下敌人的攻击。

如果事情照这样发展下去，夏斯塔的雾刃就会穿过加百列的剑，接触到他的身体，将凝聚的杀意灌注进去。

但是，就在他结束神速的突击，准备使出必杀斩击的前一刻——

他的动作如同冰冻一般猛然停止。

不知何时，在暗黑将军的铠甲左腋之下，那厚重装甲的细小缝隙之间，深深地插着一根投针。

而在他身后，那个全身包裹着深灰色斗篷，瘦削得如同幽灵一般的男人站了起来。

那是刺客公会头领，菲·扎。十侯之中，他的存在感最弱，在会议上也几乎都不发言。而现在恐怕是这个阴影之中的人这一生中最受关注的时候了，他在众人的注视下，仿佛滑行一般前进。

菲·扎之所以能够事先察觉到夏斯塔的叛乱，是因为在所有的诸侯之中，他最为胆小，也最为敏感。

刺客公会是弱者们的聚合体。是一群没有体力、术力、财力等等力量，但是又不愿当奴隶供人驱使的人，为了磨炼在暗黑帝国都受到歧视的"毒之技"而建立起来的集团。

在Under World中，一部分的虫、蛇以及植物之类的毒性物体，本来也是压力测试的一环。因此效果都不会太过出奇，只要居民们动用一定的智慧，就能够彻底解除。反过来说，它们无法成为能与术式与剑技对抗的力量。

但是，建立刺客公会的人创造出了连RATH的工作人员都没有想到的"浓缩"技巧。他们在长年累月中不停地生产毒液，并将其强化。刺客公会的总部位于城堡外的贫民区地底深处，其中有着无数在百年来不停地煮着毒果汁液的大锅，以及让各地收集来的毒蛇自相残杀的壶。

但是，花费了许多功夫制出的"致死毒"，却造成了公会内部的刺杀泛滥的悲剧。和剑技与术式不同，迟效性的毒使得其他人很难找出加害者。

因此，作为领导公会的头领，不胆小到极点的话根本活不下来。必须要能感知到周围的视线，甚至是气息中所包含的任何一点极细微的杀意。

对菲·扎来说，夏斯塔在看到莉碧雅的首级时所散发出来的杀气，简直比血腥味还要明显。

然后，暗黑将军夏斯塔又正是菲·扎最为厌恶的人。

至今为止，他已经策划又废弃了无数的刺杀计划。他有自信能够杀死夏斯塔。但是，如果让人发现死因是毒的话，那任何人都会知道这是刺客公会所为。那样的话，恐怕在夏斯塔死了一个小时之后，强大的暗黑骑士团就会冲入刺客公会，将所有人杀个精光。一旦进入正面战斗，刺客是毫无胜算的。

但是，如果是现在这一刻……

他有着足够的大义名分，使他能够将淬炼的毒针刺入仇敌的体内。在夏斯塔于皇帝驾前拔剑的那一刻起，他就已不再是暗黑将军，也不再是十侯，而是一个叛逆者。

菲·扎从怀中拿起并投掷出去的，是刺客公会的头领代代相传的暗器。那是一根用本身就能分泌麻痹毒的危险矿物"卢比利尔的毒钢"加工而成，内部有着空洞，可以用来储存各种毒液的细针。

菲·扎注入在针里的，正是作为公会毒技精髓的致死毒。那是将五万只稀有的"千草蛭"一起磨碎，经过数次过滤与弄碎，最后得到的仅仅一滴的毒液。因为之前对千草蛭进行人工饲育繁殖的尝试全都失败了，所以要制造这一滴毒液，所花的功夫简直难以想象。

菲·扎不知道的是，生活于Under World野外的动物，都是系统基于单位面积的标准值生成的，除了被指定为家畜单位的羊与牛之外，所有动物都无法进行任何人工繁殖。

毫不夸张地说，菲·扎所放出的毒针，从材料到内部的毒液，都集结了刺客公会所有的力量。同时，它也是数百年来一直遭到凌虐的弱者们的怨念的结晶。

* * *

夏斯塔将意志力全部集中在举起的剑上，甚至都没有感觉到毒针深深刺入自己身体时的疼痛。

但是，就在他准备跳向宝座的瞬间，他的全身像变成了铅块一般沉重无比，使他不由得瞪大了眼睛。

在双脚失去力量，单膝跪到地上的时候，他才感受到左腋下的异物。

——是毒吗？

夏斯塔瞬间想到了这一点，他要在那如冰一般的寒冷将自己的左手麻痹之前，迅速地将针拔掉。在发现那甚至称不上是武器的细针上有着鲜艳的绿色光泽之后，他很快明白那是不祥的"卢比利尔的毒钢"，立即准备咏唱对抗的术式。

但是，寒气以可怕的速度从左侧腹向全身扩散，很快到达了口部。还没等他咏唱完"System call"这个起句，舌头就失去了感觉，他甚至连咬紧牙关都做不到。

左手也已经麻痹，毒针从他手上滑落到黑色大理石地板上，发出轻微的声响。

最后，就连高举着剑的右手也缓缓下落，爱刀解除了完全支配状态，从灰色的雾气变回了实体，剑尖磕在了地上。

夏斯塔的姿势变得和杀向皇帝之前一模一样，左脚单膝跪地，全身僵硬。此时，一件黑色的斗篷无声地进入了他的视野。

——菲·扎。

——居然是败在这个男人手上。

"你是在懊悔，居然被我这种不值一提的小人坏了事情对吧，比克苏鲁？"

仿佛破布摩擦一般的声音从夏斯塔头上传来，让他皱起了唯一还能稍微动弹的眼角。

——你没资格直呼我的……

"你想说我没资格直呼你的名字是吧？不过，你知道这不是我第一次叫你比克苏鲁吗？"

刺客缓缓将身子弯到和夏斯塔同高，让他能够看到自己的脸。但是那拉得很低的头套遮挡了光线，除了那尖尖的下巴之外，整张脸都隐藏在黑暗之中。

那下巴仿佛在发颤似的动了起来，发出了更加沙哑的声音。

"你……应该不记得了吧。不记得那些在幼年学校被自己狠揍过的孩子的脸了。更不会记得，其中有一个因为不堪受辱而跳进河道，永远地离开了学校。"

——怎么回事。这个男人说什么？幼年学校？

夏斯塔只是一个低级骑士的孩子，所以在他到了可以手握木剑的年纪，就被强制送进了骑士团附属的幼年学校。对于那段岁月，他只记得自己为了活下去而夜以继日地修炼而已。他在所有的选拔考试中胜出，被任命为骑士团的士官，然后被身为前骑士长的师父选中——他的前半生犹如激流，让他根本没有回顾过去的空闲。

因此，他自然是不可能记得，那些在三十多年前和他一起挥动木剑的孩子都叫什么名字的。

"但是，我可一天都没有忘记。在我漂进地底的暗渠，被刺客公会捡到，被当做奴隶使唤的漫长岁月里，我都没有忘记。我积累知识，开发了许多新的毒药，最后终于爬到了公会头领的位置上。虽然代价就是失去了很多东西……但这都是为了向你复仇啊，比克苏鲁。"

在他那扭曲的声音停止的时候，头套微微地倾斜了一下，菲·扎的脸出现在夏斯塔的眼前。

即使如此，夏斯塔还是没有想起来。就算夏斯塔能够将过去的同学记得清清楚楚，但还是想不起来他的名字。因为菲·扎的脸似乎受到了毒的影响，已经被侵蚀得十分严重，变成了一副连兽人都要感到恐惧的怪模样。

菲·扎再次将头套用力地往下拉。在那片黑暗之中，只有那两只眼睛在放射着强烈的光芒。

"注入你体内的毒，是专门为了杀你而开发的。我花费了数之不尽的时间，一滴一滴地积攒起来。在实验中，哪怕是天命超过三万的大型地龙都只活了一个小时。而根据你的体力和天命总量来计算，现在恐怕只剩两到三成了。来吧……是时候偿还我的怨恨和屈辱了。"

——怨恨吗？

夏斯塔将视线从菲·扎身上移开，看向掉在黑色大理石地板上的毒针。

——我在怒意和怨恨的驱使下想要杀了皇帝。菲·扎也在这根针上灌注了同样的力量想要杀了我。所以，我的刀停了下来。"杀之心意"，是胜不过"义之心意"的。过去，在和那个男人……整合骑士长贝尔库利交锋过后掌握的剑诀，在最后却被我遗忘了……

夏斯塔已经连单膝跪地的姿势都保持不住了，左肩开始往地上落去。

而在模糊的视野中央那根毒针的前方——

是那个放在银盘中的冰立方体。

* * *

菲·扎，过去名为菲利乌斯·扎尔加迪斯的复仇者瞪大了双眼，尽情品尝这得来不易的喜悦。

获得过无数荣誉的暗黑将军夏斯塔，此刻正倒在自己的脚下。他那尽管上了年纪却依然充满弹性的皮肤此时已经变成了土色，锐利的眼神已经消失，呼吸也即将停止。

这是多么丑恶，多么凄惨的死相啊。

而夏斯塔的死，也意味着毒杀技术在面对剑术和暗黑术时的优越性。靠着使用卢比利尔的毒钢和千草蛭的新型复合毒，仅仅刺中一下，就让敌人陷入了无法拔剑和咏唱的状态，然后迅速死去。

宝座上的皇帝贝库达在看到这一幕后，也会察觉到刺客公会的价值了吧。在新型毒完成大量生产之后，他就再也不用看骑士和术师的脸色了。他可以恢复原来的名字，回到舍弃了自己的扎尔加迪斯家，成为新的统治者……

菲·扎的身子因为快乐而颤抖，却完全没有发现，夏斯塔那把落在他视野之外的刀，刀身正再次往雾气转变。

* * *

莉碧雅。

在天命将尽的前一刻，夏斯塔在心中呼唤着自己所爱的唯一一个女人。

莉碧雅之所以会决定去暗杀皇帝，一定是因为她想要实现夏斯塔所说的那个新时代。她一定是相信，当三百年来的战争结束，暗之国在新的法则与秩序的照耀下，那些原本只能饿死或者成为奴隶的孤儿也能得到幸福生活下去的权利。

——菲·扎啊。

——你说你在幼年学校被狠揍过？因为不堪受辱而投河？

——但是，至少你是有过机会的。你有可以送你进学校的父母，一天的三顿饱饭，以及温暖的床铺和可以遮风挡雨的屋顶。你可知道，在这个世界上，有多少幼小的生命在出生之后都得不到这种最起码的权利，被人当垃圾对待，很快消失在这个世界？

——莉碧雅付出自己的性命，想要纠正这个世界。不能让她的心意白白浪费。至于你个人的这点怨恨——

"休想碍事！"

夏斯塔那本应完全麻痹的口中发出凄厉的怒吼，同时一道犹如灰色龙卷的东西，以暗黑骑士的右手为中心高高卷起。

那正是在整合骑士中也少有人能够驾驭的、神器的记忆解放现象。夏斯塔那强大无比的心意，开始对积累并运算着Under World中全部信息的主视觉化机进行覆盖操作。

那灰色的龙卷能将接触的东西全部分解，可谓是无属性的纯粹破坏力的化身。菲·扎还来不及躲避，他那身厚重的黑色斗篷就被龙卷所吞噬，发出了干巴巴的声音，如烟雾一般四散。

斗篷下出现的，是一个瘦削的中年男人。他举起双手，仿佛要遮挡自己那被融化了的脸庞，但随后他的手就化为了无数的肉片迸射开来——之后他全身都化为了浓密的血雾，飞舞在空中。

＊＊＊

在濒死的暗黑将军的身体升腾起怪异龙卷的那一瞬间，暗黑术师蒂·爱·艾鲁就产生了极为强烈的不祥预感，用力向后跳去。她的双手也同时生成风素，推着她向后方全速飞行。

在右脚被急速扩大的龙卷触碰，自膝盖以下全部消失得无影无踪的时候，预感变为了极度的惊愕。

哪怕是在洗澡和睡觉的时候，她都用多达数十种的防御术保护着全身。别说术式了，包括远程攻击，剑，毒等几乎所有种类的攻击，都会被这严密的守护弹开。

自然，如果面对的是拥有着同等级优先度的十侯，那么防护有可能在对方的全力攻击之下贯穿，使自己受到伤害。但是，绝对不可能会像现在这样，仿佛完全不存在防护，只是接触就会伤害到自己的肉体。

就算她的大脑如何否定，那死亡的龙卷依然以比她全力后退的速度还要更快地逼近，逐渐地侵蚀着她的右脚。像她这种水平的术者，就算被砍下手脚，也能够以治愈术将其恢复，但前提是要能活下来。

"呀……啊！"

她的口中终于发出了尖利的惨叫。

但是这道声音，被两个哥布林族长同时发出的惨叫声掩盖过去了。

跪在蒂身旁的山地哥布林族长哈加西和平地哥布林族长库比利正拼命地挪动着小短腿，想要逃脱龙卷的侵蚀。但是龙卷膨胀的速度甚至超过了全速飞行的蒂，自然不是他们能够躲得掉的。

"嘎呀！"

随着一声难听的叫声，哈加西的脚滑了一下，倒在了地上。而他拼命伸出的左手，如同钳子一般死死地抓住了库比利的脚脖子。

"吱呀！放开！放……"

两个哥布林族的统治者瞬间就化为了血雾。

然后又是咻地一声轻响。

蒂的整只右脚都已经消失得无影无踪。

正当暗黑术师公会总长的美丽面容因为恐惧与绝望扭曲的时候，龙卷却在她的眼前奇迹般地停止了膨胀。

此时已经看不到夏斯塔倒在地上的身体了。以他为中心升腾起的倒圆锥形风暴，直径和高度都已经扩大到了二十梅尔。当时距离较远的六个诸侯们早已退到了西面的墙边，位于大厅南面的各阵营干部也算是有惊无险。

尽管意识已经无比混乱，但蒂的思考还是模糊地想到了龙卷停止膨胀的原因。

那是为了保护那十几个上位暗黑骑士。也就是说，那个龙卷是夏斯特以自己的意志创造出来的。

像是为了证明她的推测似的，龙卷的上半部分缓缓地开始变形。

出现的是以半透明的雾气构成的男性上半身。

尽管是那么巨大，但那明显就是暗黑将军夏斯塔的化身。

　　　　＊ ＊ ＊

皇帝贝库达，也就是加百列·米勒，此时也终于感到一丝惊讶，抬头望着那屹立在地面上，仿佛睥睨天下的龙卷巨人。

将女刺客的首级展示在众人面前，到下一刻最左边的那个骑士拔出剑来，这些还都在他的预料之内。至于刺客公会的头领用毒或者什么东西将向加百列杀来的男人麻痹，这其实也不怎么值得意外。

他原先的计划是一剑击毙叛逆者，以此让剩下的九个单位产生绝不动摇的忠诚心。而现在这样虽然计划泡汤，但是这种自发保护皇帝的行动值得赞赏。他就是带着这样的心思，旁观着事态的发展——

然而，倒下的叛逆单位身上突然涌出灰色的龙卷，被卷进去的刺客公会头领以及两只哥布林将军都被瞬间消灭，就连加百列也为此感到了惊愕。

每个将军单位的属性应该都相差无几。那么当他们之间开始战斗时，应该不会马上分出胜负，而是进入HP不停削减而又恢复的长期战。

然而，仅仅几秒钟，三个单位就被消灭了。难道说，Under World里还存在着什么自己和克里特所不知道的原理吗——

就在他这样想着的时候，龙卷巨人张开嘴，发出了仿佛能够震撼整个天地的怒吼。

宝座大厅的墙壁上镶嵌着的玻璃也承受不住这样的压力，齐齐向外部进裂。

巨人握起犹如发动机一般巨大的右拳——

然后猛然向加百列砸下。

根据加百列的判断，用剑去接这一击没有意义，站起来回避也已经来不及。他只是用视角的右侧余光看着副官瓦沙克迅速地往后飞退的动作，一边坐在宝座上平静地等待那灰色拳头的到来。

　　＊　＊　＊

　　夏斯特以临死之际的心意发动的死亡龙卷，是一种超越了Under World系统的现象。

　　它并不是以数值的攻击力夺去了菲·扎和两只哥布林的天命，从而让他们死亡。而是直接将"死的想象"打入他们的光立方之中，先将他们的光立方破坏，然后如同逆演算一般将肉体消灭。

　　因此，此刻他对加百列发动的攻击，并不会对皇帝贝库达那庞大的天命造成任何影响。

　　但是，夏斯塔的摇光生成的杀意，却通过量子通讯线路，传达到了加百列的肉体所躺的STL之中——

　　Under World中屈指可数的剑士，暗黑将军夏斯塔所凝练的必杀意志，直接击中了加百列·米勒的摇光核心，也就是"自我"。

　　此时，在夏斯塔的主观感受中，似乎自己放出的全力一击已经和意识同化，向皇帝贝库达的内部冲去。

　　夏斯塔本来的肉体，自然是已经耗尽了天命。他能够领悟到，这是这一生最后的一击。

　　和整合骑士长贝尔库利再次交锋的约定已经无法履行，这让他感到有些遗憾。但是，那个男人一定能够理解的。一定能够理解暗黑将军到底期望着什么，以及为何要背叛皇帝。

　　诸侯中最好战的两个哥布林族长，以及刺客公会头领菲·扎都已经毙命。让暗黑术师公会总长蒂逃掉算是一件憾事，但那样重的伤势谅她也无法马上痊愈。然后暗黑骑士团团长和皇帝贝库达都死了的话，剩下的诸侯们一定会对与人界的决战产生迟疑。

希望能够和同样失去了统治者的人界之民达成暂时的休战协定。希望双方能够不是以剑，而是以话语沟通，来达成共识。

希望，从此之后——莉碧雅所期望的和平世界能够到来。

和心意同化的夏斯塔贯穿了皇帝贝库达的额头，冲进了位于其内部的灵魂核心。

只要将那里破坏，那就算是暗黑神，也会和菲·扎一样被彻底消灭。

随着一道无声呐喊，夏斯塔的意志撞上了皇帝的灵魂——

然后，他遭遇了这一生最后一次惊讶。

没有——在那有如光之云一般的灵魂核心中，原本应该存在着意识精髓的地方，只有一片浓密的黑暗。

为什么？就连那隐姓埋名，舍弃自己过去的菲·扎，灵魂之中也闪耀着对生命的贪婪执着。

夏斯塔的心意，被皇帝内部那无限延伸的黑暗吞噬了。

然后渐渐消失。

——这家伙……这个男人……

——不知道生命是什么吗？

他不知道生命、灵魂以及爱的光辉。所以他无比饥渴，所以他渴望着他人的灵魂。

不管是多么强大的心意，都无法以杀意之剑杀死这个男人。

因为，这个男人的灵魂在出生之时就已死去。

必须传达出去。传达给某个人。传达给将来注定要和这个怪物战斗的人。

某个人……传达给某个人……

但是，此时夏斯塔的意识被无限的深渊覆盖。

憾甚……

莉碧雅……

最后的念头浮现之后，暗黑将军比克苏鲁·乌尔·夏斯塔的灵魂彻底消灭了。

* * *

在被那无比强烈的灵魂光辉贯穿自己的瞬间，加百列感受到的不是恐惧，而是喜悦。

比起两天前吞噬的女刺客，这名暗黑骑士的灵魂中充斥着的感情要更加浓烈——对那个女人的爱，以及一种加百列难以理解的，对象范围更加宽广的慈爱，还有就是以前两者为动力的强烈杀意。

爱与憎恨。这个世界上还有比这两者更美味的东西吗？

此时，加百列完全没有意识到自己的生命有危险。即使亲眼见到那三个单位在暗黑骑士的攻击下变成了肉片，但相比起自身的的安全，加百列更渴望吞噬骑士的灵魂。

如果加百列对骑士的攻击产生恐惧并产生了求生意志，那么夏斯塔的杀意就会通过STL破坏加百列的求生本能，然后产生连锁反应，将他的摇光全部破坏。

但是，加百列·米勒是一个不知生命为何物的人。对他来说，包含自己在内的所有生命，都和小时候曾大量杀戮的昆虫一样，只是自动机械而已。他唯一的愿望，就是探索身为机械动力源的灵魂，弄清那神秘的光云之中到底有着什么样的秘密。

　　因此，夏斯塔的摇光中产生的破坏信号，就这样从加百列摇光中的那片虚无中冲了过去，没有和任何东西产生碰撞，就这样消失了。

　　加百列并不明白其中的原理。但是他在咀嚼骑士的灵魂时，记住了两件事。

　　首先，是这个世界里除了和普通的虚拟现实网游类似的武器和咒文之外，还有另外的攻击方式。

　　以及，这样的攻击方法似乎对自己没有效果。

　　之前那种现象的原理，回头得让克里特调查一下才行——加百列一边这样想着，一边缓缓地从宝座上站起。

　　　　　　＊＊＊

　　在剩下的六个诸侯——暗黑术师公会总长蒂·爱·艾鲁、拳斗士首席伊斯卡恩、商业公会首领兰吉尔、巨人族族长席格罗席格、兽人族族长利鲁匹林，以及食人魔族长弗鲁古鲁之中，有人背靠着墙壁，有人跌坐在地上，有人则是为伤势止血，但又全都茫然地仰望着皇帝贝库达。

　　所有人心中只剩下了恐惧。

　　暗黑将军夏斯塔那恐怖的超级攻击——它瞬间就让三个将军化为血雾，连蒂这个诸侯之中数一数二的强者都被绞碎了右脚，但在正面击中皇帝之后，却没有对他造成一丝伤害。

　　强者统治一切。

　　现在大家都清楚了，就算六个诸侯以及他们背后那上百名士官将所有的力量集中起来，也远远不及皇帝贝库达。

所有人的头都仿佛泛起的涟漪一般依次深深垂下，向皇帝表达恭顺之意。就连敬爱的骑士长被杀的暗黑骑士团也不例外。

而皇帝的声音，响亮地在他们的头顶回响着。

"失去了将军的军队马上将指挥权移交给下一级的人。一小时以后，按原订计划进军。"

他对于出现叛逆的事情没有任何表示愤怒与责备的话语。这反而让将军们感到更加恐惧。

此时终于将右脚止血的蒂将右手高高举起，连手指都伸得笔直，大喊道：

"皇帝陛下万岁！"

片刻之后——

高呼万岁的声音数次响起，化为了震撼整个黑曜石城堡的巨大声浪。

15

爱丽丝在环视了一下自己分到的野营帐篷的内部之后，轻轻叹了口气。

简易床铺弄得很干净，地上铺的羊皮也是全新的，空气中也干净得只有阳光的味道。这样当然是很好，但这也表示这个帐篷并不是因为爱丽丝的到来而临时腾出来的。也就是说，骑士长贝尔库利早就多设置了一个给骑士用的帐篷，等候着爱丽丝前来参战。

也许她可以把这当作自己受到信任的证明，但是一想到骑士长的为人，她就觉得是自己的思考和行动都被完全看穿了。

不——这应该不大可能吧。毕竟，就连骑士长似乎也没有预料到爱丽丝会带着桐人前来，因此只准备了一张简易床铺。

爱丽丝抚摸着桐人的背，带着他来到床边坐下。年轻人突然发出轻微的声音，左手向前伸出。

"好好，等一下啊。"

爱丽丝跑到放在入口旁的行李袋旁边，将黑白两把长剑取出。然后她回到床边，将它们放到桐人的膝盖上。桐人用左手将剑抱住，陷入了沉默。

爱丽丝坐在他旁边，一边脱着靴子一边思考着。

虽然她当时对艾尔多利耶放话，说如果有必要的话会背着桐人战斗，但实际上那是有些困难的。只是背一个消瘦的桐人还好说，但如果连夜空之剑和蓝蔷薇之剑都背上，那重量就会严重限制住她的行动。

虽然她也想过将剑一直挂在雨缘的鞍上，但敌军中也有骑着飞龙的暗黑骑士，空战是不可避免的。所以她必须让负重尽量减轻。

虽然很遗憾，但是最现实的方案，还是在战斗的时候将桐人托付给辎重部队的一个人去照顾。但问题就是到底能不能那么容易地找到一个值得信赖的人。

她过去认识的整合骑士们自然全都要奔向最前线，至于普通士兵她是一个都不认识。而且现在也不好意思让艾尔多利耶帮自己介绍一个适合的人选。

"桐人……"

爱丽丝正面看着年轻人的脸，双手轻轻按在他的脸颊上。

她从不认为桐人是累赘。只要他能取回自己的心，一定能成为比任何人都要可靠的人界守护者。之所以带他来到前线，是因为她认为只有这里才有让他恢复意识的可能性。

骑士长贝尔库利说，他放出的"心意之剑"被桐人挡开了，而这是为了保护爱丽丝。

这真的可信吗？

在修剑学院里初次相遇的时候，两人是抓捕者与罪人。在大圣堂八十层重逢的时候，两人是处刑者和叛逆者。就算到了在最顶层两人最后一次交谈的瞬间，两人的关系说得再好听也不过是正在休战而已。

——在那场战斗之后，你就一直丧失了心，却会保护我不被叔叔的剑气伤害？

——你对我……是怎么想的呢？

这个疑问在碰到桐人那没有光芒的眼睛后，弹回到爱丽丝自己身上。

自己对这个年轻人到底是怎么想的呢?

真要用一个词来形容大圣堂里的桐人的话,那想必是"可恨"最为贴切。不管是过去还是将来,想必都只有这个年轻人会对着整合骑士爱丽丝·辛赛西斯·萨蒂不停地喊"笨蛋"了。

但是,在最后的战斗中直面最高祭司阿多米尼斯多雷特的桐人,他的背影——

看着剑士那黑色的外套在风中飞扬,双手各握着一把剑的背影,爱丽丝的心颤抖起来——那是一个多么强大,但是又悲切得让人心痛的身影啊。

那种感情,现在依然还让她的内心深处隐隐作痛。

但是,爱丽丝不敢去知道这种疼痛的原因,一直掩盖着自己的心。

——因为,我是一个被制造出来的生命啊。我只是个一直占据着爱丽丝·滋贝鲁库的身体,用来战斗的人偶而已。对我来说,拥有战意之外的感情,是一种无法饶恕的奢侈。

但是,搞不好……

是因为我一直压抑着自己的内心,所以才无法让你听到我的声音?

如果,现在我将自己的全部"心意"都释放出来,就能得到你的回应?

爱丽丝深深地吸了一口气,屏住了呼吸。

桐人被她的双手按着的脸颊很冰凉。不,是她自己的手掌在发热。

她轻轻地将桐人的脸拉近,从一个极近的距离往那黑色的眼睛中看去。那是如夜一般的黑暗。但她似乎又看到，很遥远的地方有着微微闪亮的星星。

她注视那颗星星，缓缓地，缓缓地将自己的脸靠上去……

突然，一阵叮铃铃的轻快铃声响了起来，让爱丽丝从床上一跃而起。

她慌张地环视了一下帐篷的内部，理所当然地没有看到其他的人。片刻之后，她才想到这是帐篷入口处挂着的铃铛在响。

这意味着有客人来了。爱丽丝干咳了一声，整理了一下头发，迅速向门口走去。

肯定又是艾尔多利耶来劝她了吧。这次一定要明确地告诉他，不管他说什么，自己都不会允许桐人被赶走。

入口处的帘幕有两重。爱丽丝一头撞开内侧的薄布，然后用左手一口气掀起外侧的厚重毛皮。

然后，她张到一半的嘴猛然停止。

站在她眼前的人，不是整合骑士，也不是普通士兵。她不由得定睛凝视起来。

"那……那个……"

娇小的来访者一边用细微的声音怯怯地说着，一边将双手捧着的带盖锅递向爱丽丝。

"我……我们给您带晚饭来了，骑士大人。"

"是吗……"

爱丽丝往天上看了一眼。原来在不知不觉间，夕阳的红光已经向着西方的天空远去。

"谢谢……辛苦你了。"

爱丽丝慰劳着对方，将锅接过之后，再次从头到脚地打量起对方来。

这是一个大概只有十五六岁的少女。

那刚过肩膀的头发是鲜艳的红色。大大的眼睛也是和头发相似的赤红。再加上那白皙的肌肤和高挑挺直的鼻梁，表明了她的北方帝国血统。

虽然她穿着守备军的轻装铠甲，但是铠甲下的灰色上衣和裙子，却似乎是某个学校的制服。

就连这样的孩子也被送到了战场上，这让爱丽丝心痛得想要咬紧嘴唇，接着她又发现了什么似的眨了眨眼。

好像在哪里看到过这名少女的脸。但是，当初住在中央大圣堂里的爱丽丝应该没有和普通民众接触过才对。

此时，躲在红发少女背后的第二名少女战战兢兢地走了出来。

"那……那个……这是面包，还有水……"

这名有着接近黑色的焦茶色头发、深蓝色眼睛的少女用微不可闻的声音说道。爱丽丝不由得露出了微笑，接过了她递来的篮子。

"不用那么害怕，又不会吃了你们。"

在说出这句话的瞬间，爱丽丝终于想起来了。

她曾经听过这道极度紧张的声音。这两人是当时的——

"我说……你们两个，莫非是……北圣托利亚修剑学院的学生……"

她这样一问，两名少女紧绷着的表情瞬间像是放下心来似的放松了。但是很快她们又调整姿势，脚后跟一并，报上了自己的名字。

"是、是的！我……在下是隶属于人界守备军补给部队的蒂洁·修特利尼初等练士！"

"在、在下是同一部队的罗妮耶·亚拉贝尔初等练士。"

爱丽丝下意识地回了个礼，内心想着果然如此。

当初她要将桐人和尤吉欧从学院带走的时候，来求她允许作最后告别的正是这两人。

就算守备军人手不足，也不至于连学生都要征用。也就是说，这两个人是自愿从居住了多年的央都来到如此危险的战场。这两个还没有摆脱稚气的少女，到底是为何要……

爱丽丝右手拿着锅，左手拿着篮子，凝视着这两人。然后那个自称罗妮耶的焦茶色头发少女再次躲回了名叫蒂洁的红发少女身后。蒂洁本来也是缩着身子，但最后还是以可以称之为视死如归的表情开口说道：

"那……那个……骑、骑士大人……虽、虽然我知道这、这样对您是严、严重的冒犯……"

蒂洁这种郑重其事的口气让爱丽丝不由得再次露出了苦笑，然后她努力地将这种苦笑转为尽可能温和的笑容，打断了对方的话。

"我说，没必要这么畏畏缩缩的吧。在这个营地里，我也只是为了守护人界而集结起来的一个剑士而已。叫我爱丽丝就好，蒂洁小姐，还有……罗妮耶小姐。"

爱丽丝一说完，蒂洁和躲在她背后探出头来的罗妮耶同时露出了呆滞的表情。

"怎……怎么了？"

"没、没有……只是……感觉您和之前在修剑学院里给我们留下的印象，有很大的不同……"

"是……这样吗……"

爱丽丝也不禁有些疑惑。她自己也不大清楚，在卢利特村生活的半年里，自己真的产生了这么大的变化吗？虽然骑士长说过类似于"你的脸变肥了"这种无稽之谈……

——现在想想，虽然确实无法否定赛鲁卡做的饭菜太好吃了，自己总会在不知不觉间吃得太多的事实……但变化难道真的大到能一眼看出来吗……

她收住差点就要紧绷起来的脸，再次露出了笑容，继续说：

"然后……你们找我有什么事吗？"

"啊……是、是的……"

紧张稍微缓解了一些的蒂洁猛地咬住嘴唇，说道：

"那个……我们听说骑士大……爱丽丝大人乘坐飞龙来到这里的时候，身边陪伴着一个黑发的年轻男性……然后，我们就想，也许那个人……是我们的熟人……"

"啊，哦……是吗，也是啊。"

爱丽丝终于明白了少女们的来意，点了点头。

"我记得你们在学院里和桐人关系不错……"

在听到爱丽丝这句话的瞬间，两人的脸庞仿佛花蕾绽放一般闪亮起来，罗妮耶那蓝色的眼睛更是泛起了泪光。

"果然是……桐人学长……"

罗妮耶低声念叨着，蒂洁握着她的手，以充满着期待的声音喊道：

"那……尤吉欧学长也……"

听到这个名字的时候，爱丽丝猛然屏住了呼吸。

她们不知道。不知道半年前在大圣堂那一场激战的结果。这也是当然的。和最高祭司的死有关的一切事情，都只有整合骑士知道。

两人抬头看着沉默的爱丽丝，露出了讶异的表情。爱丽丝来回注视着蒂洁和罗妮耶的眼睛，缓缓地闭上了眼。

事到如今，已经无法隐瞒了。

而且，两人有知道一切的权利。恐怕她们就是为了再见桐人和尤吉欧一面，才会自愿加入守备军，来到了这里……

爱丽丝下定决心，开口说道：

"可能对你们来说……这件事太过残酷。但是，我相信你们。相信身为桐人和尤吉欧的学妹，你们一定能够承受得住。"

然后她往后退了一步，掀起毛皮帘幕，让两人进入帐篷。

爱丽丝心中那些许的期待未能成真。桐人虽然看到了蒂洁与罗妮耶，却依然没有任何反应。

她压抑住心中的失落，站在帐篷的角落，注视着这悲壮的景象。

罗妮耶在呆坐于床上的桐人面前跪下，用她小小的双手握着年轻人的左手，脸颊上划过泪光。

但更让人心痛的，是跌坐在地面的皮垫上，注视着眼前那把蓝蔷薇之剑的蒂洁。她那如白纸一般没有半点血色的脸，在听到尤吉欧的死讯之后就没有了任何表情。此时她只是默默地看着那从中折断的剑刃。

爱丽丝和那个名叫尤吉欧的少年直接交谈的机会并不多。

只有将他们带到大圣堂并关进地牢的那次，以及在八十层迎战两人的那一次，然后就是并肩与阿多米尼斯多雷特进行最终决战的那次。

尤吉欧不只是打败了那个骑士长贝尔库利，还自己化身为剑，破坏了剑魔像，斩断了最高祭司的一只手。爱丽丝对如此强大的意志力衷心地感到尊敬。但是她心中对尤吉欧的记忆，大部分还是来自于赛鲁卡对过去的描述。

据赛鲁卡所说，尤吉欧是个老实而慎重的少年，经常被从小一起长大的爱丽丝·滋贝鲁库拉着去一起进行各种各样的冒险。以这种性格来看，他和桐人应该会是一对好搭档吧。

桐人和尤吉欧肯定也在修剑学院里引发过各种各样的麻烦事。而蒂洁和罗妮耶就是被这样的两人吸引，受到了很大的影响——就和爱丽丝一样。

——所以，拜托你们了，一定要承受住这样的悲伤。桐人和尤吉欧都是为了保护重要的东西去战斗，受伤，失去了心和生命的啊。

爱丽丝在心中低语着，一直注视着两人。

生活在人界的人，如果遇到精神上的冲击——比如说巨大的恐惧和悲伤，心就会因为无法承受而得病。之前黑暗军团袭击卢利特村的时候，就有几名村民虽然身体没有受伤，但还是卧床不起。

蒂洁一定是爱着尤吉欧的吧。

对她这种年纪的人来说，所爱之人的死是一种极为巨大的冲击，并非那么容易能够承受的。

在爱丽丝的注视下，坐在地上的蒂洁右手微微颤抖，一点点地向蓝蔷薇之剑伸去。

爱丽丝有些紧张地观察着情况。蓝蔷薇之剑虽然断了一半，却依然是最顶级的神器。她并不认为蒂洁能够拿起它。然而过于深刻的绝望与悲伤，有时候会带来无法想象的力量。但是谁也无法预料到底会发生什么。

蒂洁那僵硬的手指终于碰到了那淡蓝色的剑身，轻轻地在那光滑的侧面上抚过。

而就在这个瞬间——

折断的剑上亮起虽然微弱但无比真切的蓝光，就连从窗口射进来的夕阳斜照都被掩盖了。

同时蒂洁的全身猛然颤抖了一下。

罗妮耶仿佛感觉到了什么，看向自己的朋友。在一片紧张的气氛中，蒂洁的眼里泛起了透明的水滴，无声地滴落。

"刚才……"

低语声从她那苍白的嘴唇里传出。

"我听到了……尤吉欧学长的声音……他说，不要哭……我一直，都在……你的身边……"

眼泪不停地滴落下来，最后蒂洁终于将脸靠在剑上，像年幼的孩子一样大声地哭了起来。罗妮耶也将脸靠在桐人的膝盖上号泣。

如此悲哀，却又如此美好的情景，让爱丽丝的眼角也开始泛起酸意——

同时，她也不由得思考着这样的事情是否真的有可能发生。

虽然爱丽丝没听到尤吉欧的声音，但是剑确实有闪亮过光芒。那么，就无法断定蒂洁听到的话语只是幻听。

爱丽丝还记得，在发动武装完全支配术的时候，金桂之剑

与自己的意识化为一体的那种感觉。而且尤吉欧是真的将自己的身体与蓝蔷薇之剑融合，然后受了致命伤。

所以，剩下的半把剑，搞不好真的可能还残留着其主人的意志。

但是，之前蒂洁说过尤吉欧在呼唤她。那么，残留在剑中的就不是没有灵魂的余音，而是真正的意志——或者说是心意了吗？

是因为少女的爱意而产生的幻觉？还是说……

真是急死人了。如果是桐人的话，一定能找出这个现象的秘密吧。毕竟，他可是从这个世界的外部，神秘的众神所居住的地方落到这里来的。

在那如漩涡一般翻腾的思考水面上，一句话如同小小的水泡一般浮起，然后破裂开来。

World End Altar——

似乎，有着这个陌生名字的地方，存在着通往世界外部的大门。

如果能到达那里的话，所有的谜团都会瞬间烟消云散吗？能够取回桐人那失去的心吗？

但是，那个叫Altar的地方，似乎是在出了大门后一直往南的远方。也就是说，是黑暗种族统治的暗黑帝国的边境。

要去那里的话，首先要面对的就是大门对面盘踞的大量敌军，而且还不是防守，而是要冲破。不，就算真的能够冲破敌阵，自己也不能放弃大门的防御直接往南。既然得到了过于庞大的力量，身为整合骑士的爱丽丝就有着守护人界的义务。

她甚至想过以自己为诱饵，吸引敌人的全部兵力离开大门，向Altar前进。但是，对于暗黑帝国的民众来说，侵略人界是几百年来的夙愿，不可能有比这更有吸引力的东西了……

看来，要前往尽头的祭坛，必须得先把黑暗军团完全歼灭才行。

面对得出的这个结论，爱丽丝不由自主地闭上了眼。

自己还在想着歼灭这种奢望的事情，但现在的情况是要打退敌人的前锋都极为困难。但是，必须做到。哪怕只是为了保护蒂洁、罗妮耶还有桐人。

爱丽丝长出了一口气，打断了这几秒里的思考，向两名正在嚎哭的少女走去。

▶6

索鲁斯的残光早已消失在西边的远处，但在位于东之大门另一端的暗黑帝国的天空上，那片不祥的血色仍在顽强坚守。

似乎是想要遮挡这个景象，人界守备军营地中央——白天用来当做飞龙起落场的草地上，架起了纯白色的幕布。而在幕布前那高高飘扬的公理教会旗帜下，聚集了包括整合骑士与守备军队长在内的大约三十个人，每个人的神色都十分严肃。

在看到他们不分骑士和士兵地站在一起时，爱丽丝惊讶地停住了脚步。

穿着闪亮银色铠甲的整合骑士，以及穿着虽不华丽，优先度却不低的钢铁铠甲的队长，都一样单手拿着装有西拉鲁水的杯子，正在热烈地交谈。爱丽丝仔细倾听，发现他们的话语里全都省略了那些拐弯抹角的敬语。

"以一支临时拼凑起来的队伍来说，这实在很不错吧，小姑娘。"

一阵低语突然从耳边响起，让爱丽丝慌忙转头看去。

将双手塞在东方风格衣物里的骑士长贝尔库利动了动身子，制止了爱丽丝想要敬礼的举动，然后接着说道：

"在这支守备军里，那些麻烦的礼仪什么的都已经被取消了。幸好《禁忌目录》里没有'普通民众在和骑士说话之前必须做足礼节'这样的条文。"

"呃，哦……我觉得这样很好。但是，先不提这个……"

爱丽丝再次看向正在进行军议的地方。

"——其他的整合骑士在哪里？我大致看了一下，那里好像只有十个左右呢。"

"很遗憾，那几乎就是全部了。"

"呃……咦？"

爱丽丝用手将自己下意识发出的大喊堵了回去，抬头看着表情变得有些难看的骑士长。

"怎么……可能……骑士团包括我在内，应该有三十一人才对啊。"

最新的整合骑士——艾尔多利耶得到的是萨蒂万这个神圣语名，那就表示应该有三十一人才对。

贝尔库利叹着气说了一声"虽然是这样没错……"，然后压低了声音说道：

"小姑娘你也知道的吧。元老长丘德尔金对记忆产生了问题的骑士实施了名叫'再调整'的处置。他死的时候，在元老院进行再调整的七个骑士还没有觉醒。"

"！"

爱丽丝不由得瞪大了眼睛。贝尔库利则是移开了视线，用更加苦涩的声音继续说道：

"能使用再调整术式的，就只有丘德尔金和最高祭司。现在这两个人已经死了，如果能花点时间解析术式，要让那七人觉醒也不是不可能的事，但现在已经没有时间了。只有一个骑士没有进行再调整，只是处于冻结睡眠之中，我们好不容易才让他醒来……"

爱丽丝感觉骑士长的口气变得有些含糊，便问道：

"那个人是哪一位？"

"……'无音'的谢塔。"

"！"

尽管爱丽丝与那人从未见面，只是从一些传闻中知道了这个名字，但是依然屏住了呼吸。毕竟，那些传闻实在是太过可怕了。

不过，贝尔库利像是在表示"以后再谈这个人的事情"似的干咳了一声，继续对战斗力进行说明。

"总之，现在觉醒的整合骑士就只有二十四人了。其中四人被我留下来管理大圣堂和央都，还有四人负责在尽头山脉进行警戒。于是只剩十六人……这就是能投入这条绝对防卫线的上限了。当然，这已经包括了我和小姑娘在内。"

"十六人……是吗……"

爱丽丝真的很想在前面加个"只有"，但还是咬住嘴唇忍了下来。

而且，她在仔细辨认过相貌后，发现此时在议场的十四个人里，超过半数都是没有神器——也就是武装完全支配术的下位骑士。尽管也都是在近战中能够消灭一两百只哥布林的强者，但不能指望他们有着能够左右整体战局的爆发力。

贝尔库利的口气一变，对沉默的爱丽丝说道：

"说起来，那个年轻人……要不要我从后卫部队里……"

"啊……不，这个没关系。"

骑士长那份欲言又止的关怀让爱丽丝不由得微笑起来，回答道：

"有志愿兵是他在修剑学院时的侍从……开战之后，就交给她们照顾吧。"

"喔，那就好。话说，到底如何了？黑发小子在遇到过去和自己交流过的人后，有什么反应吗？"

爱丽丝的笑容消失了，默默地摇了摇头。

贝尔库利轻轻叹了口气，喃喃地说了一声"是吗"。

"告诉你一个秘密吧。老实说，我一直觉得，这场即将到来的战斗的走向，将由那个年轻人决定……"

爱丽丝惊讶地仰望着骑士长的表情。

"尽管是在小姑娘和搭档的帮助之下完成的，他也确实用剑击败了元老长和最高祭司，堪称惊天动地之举。如果纯粹比拼心意的强度，也许连我都不是他的对手。"

"怎么可能，这实在是……"

尽管爱丽丝现在完全不会去怀疑桐人的强大，但是骑士长贝尔库利的心意可是在两百年的时光中磨炼而成的。而桐人只是一个尚未成年的学生。倒不如说，剑技和体术还有可能，但只有心意力，他是绝对无法与骑士长匹敌的才对。

然而，贝尔库利信心十足地否定了爱丽丝的话。

"之前，在以心意对拼的时候，我的确是感受到了。那个小子的实战经验，绝对不下于我。"

"实战？您是指什么？"

"就是真正的战斗。生死之战。"

这更加让爱丽丝难以置信。

生活在人界的人，都被禁忌目录和帝国基本法保护，或者说是束缚着。尽管有着以木剑进行的比试，但是绝大多数人从出生到死去，都不曾体验过那种以真正的剑拼杀到天命耗尽的实战。

而唯一的例外，就是实际和想要入侵尽头山脉的哥布林和暗黑骑士战斗的整合骑士了。但那也只是在漫长的任期中有过一两次而已，而且因为整合骑士一方的战斗力要强得多，很难说那是生死之战。

这样想来，人界里实战经验最为丰富的人，就只可能是在骑士团规模比现在小得多的时代便与黑暗军团战斗的贝尔库利了。而且，听说贝尔库利在刚成为整合骑士的时候——老实说这很难以置信——还被当时的暗黑骑士打成了重伤，好不容易才逃得一命。

而桐人的实战次数还在贝尔库利之上？

如果这是真的，那就不是在这个世界的经验了。

而是在他真正的故乡"外面的世界"。但是，那里应该也是真正创造了Under World的众神所在之地。然而……实战？他到底是和什么人进行过生死之战？

爱丽丝已经彻底一头雾水，在迷茫了片刻之后，她下定了决心。

此时只能向贝尔库利说出一切真相了。像是存在着外面的世界——以及听说能够连接到那里的World End Altar。

"叔叔……其实，我在和最高祭司战斗的时候……"

就在她谨慎地选择着措辞，准备开始讲述的时候——

骑士长的后方突然传来了尖锐的声音。

"阁下，时间到了。"

爱丽丝叹了口气，向声音的来处看去。

那是一个穿着在昏暗中依然闪耀着美丽淡紫色光芒的全身铠甲，左腰上挂着银色轻剑的整合骑士。

在看到那彻底遮挡了脸庞，造型如同猛禽双翼的头盔时，爱丽丝心中浮现出的感想——说白了，就是一声"呜哇"。

对爱丽丝来说，眼前这位恐怕是她在这个世界上最合不来的人了。她正是副骑士长，第二位的整合骑士法那提欧·辛赛西斯·图。

爱丽丝一边努力地不要让内心想法表露在脸上，一边反射性地将右拳抵在左胸，左手放在剑柄上行了个骑士礼。

对面的法那提欧也做了个同样的动作，弄得铠甲咔嚓作响。但是，爱丽丝是双脚微微张开直直站立，法那提欧则是以右脚支撑着体重，垂下左肩，姿势显得有些柔弱。

自己怎么也看不惯她的这一点啊……爱丽丝一边放下手，一边在内心里嘟哝着。

法那提欧也许是想以头盔和严肃的口吻来掩盖自己，但是在爱丽丝这样的同性看来，她的女性风采依然犹如艳丽的花朵一般，从她的举手投足之间散发出来。而这也是从孩提时期就被带到大圣堂的爱丽丝没能学会的"技"。

副骑士长法那提欧在大圣堂的五十层与桐人和尤吉欧战斗时，被桐人的武装完全支配术直接击中，受了濒死的重伤。桐人却对好不容易才打倒的法那提欧施加了治愈术，还用不可思议的术式将她传送到了某个地方。这是爱丽丝从当时在场的下位骑士那里听说的。

尽管爱丽丝认为这的确像是桐人会干的事，但还是无法完全放心。

而且，法那提欧明明一心喜欢骑士长贝尔库利，却还把四个对自己着迷的下位骑士收为直属的部下。就不觉得只能向往，却永远无法得到的他们很可怜吗？至少也别一天到晚戴着头盔，让他们能够看到自己的脸啊。

就在爱丽丝冒出这个带着一丝嫉妒的想法时，却看到法那提欧却双手抓住了头盔的侧面，让她吓了一跳。

随着两声"咔嚓"，法那提欧解开了卡扣，轻巧地将那淡紫色的头盔拿了起来。飘散开来的艳丽黑发在篝火的照耀下，反射出丝绸一般的光泽。

在大圣堂的那段时光里，爱丽丝只有在大浴场偶然见到法那提欧时，才能看到她的真容。在她的记忆之中，副骑士长还不曾在大庭广众之下脱下过头盔。

在凝视那副和以前相比似乎要柔和了一些的美丽容颜时，爱丽丝终于明白了原因。在对方那娇嫩的嘴唇上，有着一抹淡淡的红。明明她一直在严格地隐藏着自己的女性身份，现在却会化妆了？

看着茫然呆立着的爱丽丝，法那提欧露出一个温和的微笑。

"好久不见了呢，爱丽丝。你看起来精神不错，我感到很高兴哦。"

"呢"？

"哦"？

爱丽丝再次哑口无言了三秒之后，才终于回以问候。

"好……好久不见，副长。"

"叫我法那提欧就行啦。话说爱丽丝，我刚才听说……你把那个黑发男孩也一起带来了？"

听到对方似乎不经意间说出的这句话，爱丽丝心中的惊讶马上被警惕取而代之。

虽然将法那提欧治愈的是桐人和贤者卡迪纳尔，但是对方不一定知道这件事。因此对打倒了自己的桐人产生怨恨和憎恶那是一点都不奇怪。

"是……是的。"

听到爱丽丝简短的回答，副骑士长保持着那艳丽的笑容，点了点头。

"是吗。那么，等军议结束之后，能让我见见他吗？"

"……为什么，法那提欧大人。"

"别露出这种表情啦。我又不会现在还想着杀了他。"

法那提欧的微笑中掺杂着一丝苦笑，耸了耸肩。

"只是想对他道谢而已。应该是那个男孩治疗了受到致命伤的我吧。"

"您已经知道了吗？但是，我觉得您没有必要向桐人道谢。因为我听说，真正治好副长的，是上一代最高祭司，名为卡迪纳尔的那位大人。然后那一位……很遗憾，在半年前的战斗中已经身故了。"

爱丽丝微微放松了警戒后这样说道。法那提欧则是在听完她的话后看向天空，点了点头。

"嗯……我还有点模糊的印象。我还是第一次见识到那么温暖，那么强大的治愈术。不过，将我送到那位大人那里的就是桐人，而且……我还有另外一件事要向他道谢。"

"另外一件事？"

"是的——就是他与我战斗，并将我打倒的事。"

——她果然是要解决桐人吗？

看着后退半步的爱丽丝，法那提欧以很认真的表情摇摇头。

　　"这是我的真心话。因为，那个男孩，是在我成为整合骑士后那漫长的岁月里，唯一一个知道我是女人后还认真和我战斗的男人。"

　　"啊？那是……怎么回事……"

　　"过去的我没有戴这样的头盔，而是和你一样，露出自己的真容战斗的。但是，有一天我突然发现，和我打模拟战的男骑士们，甚至是和我进行生死之战的暗黑骑士，他们的剑术中都带着一丝顾虑。就因为我是女人而手下留情，这比被人打倒在地还要屈辱。"

　　但是，这也实在是无可奈何的吧。毕竟，没有几个男人能够无视法那提欧的真容所散发出来的魅力啊。

　　在卢利特附近居住下来之后，自己才知道人界中的大部分地方都很少让女性去担任要使用武力的天职。只有贵族和领主的子女才能例外，从原则上来说，普通的女性只能选择成为妻子，操持家事，生儿育女这样的道路。

　　如果说这种自古相传的风气和禁忌目录一样束缚了男人们的心，那还真是颇为讽刺的一件事。正是"女性应该受到男人的保护"这样先入为主的观念，让他们的剑术在法那提欧的艳丽容貌面前变得笨拙了吧。就算是生活在暗黑帝国的暗黑骑士，只要他们有娶妻生子，那么也不可能例外。就是不知道外观和人类完全不同的哥布林和兽人又有什么样的价值观。

　　同为女骑士，爱丽丝就从来没有注意过男骑士们是否对自己有过顾虑或是别的情感。因为不管对方是手下留情还是竭尽全力，她都有着自己的确比对方更强的自信。

　　——这样的愤怒，恰恰证明了被身为女性的事实束缚了的

人是你啊。

在爱丽丝的脑子里冒出这句话的时候，法那提欧也低声说出了一模一样的话。

"然后，我用这个头盔隐藏面容和声音，学会了不让敌人近身的连续剑技。但这恰好证明了我自己才是那个被自身性别束缚住的人。而那个男孩马上就看出了这一点，还与我全力战斗。在和他的战斗中，我使出了我学会的所有剑技和术式，然后还是落败了。在被卡迪纳尔大人救了一命，恢复了意识的那一刻，那些无聊的执着已经从我的心中消失了……总之呢，就是只要我强到让对方没法手下留情就可以了。对于让我明白了这个单纯的事实，并让我活了下来的男孩，道声谢也没什么好奇怪的吧？"

法那提欧一脸认真地说完之后，突然露出了一个调皮的微笑。

"而且……我还是有些不快呢。那个男孩居然完全不觉得我的相貌有女人味。所以，我想试试看在做出这样或者那样的事之后，他会不会醒过来。"

"怎……"

怎么可能有这种事啊。

如果桐人真的就这样醒过来了，那自己之前的努力不就显得太过空虚了吗？而且既然是桐人的话，搞不好还真的有这种可能性。

爱丽丝毫不客气地猛然皱起眉头，尖锐地反驳道：

"很感谢您的心意，但他此刻已经在帐篷里休息了。我会在之后将法那提欧大人的想法传达给他的。"

"哦……"

副骑士长的眼角也猛地抽搐了一下。

"见他需要你的许可吗？在大圣堂的时候，就算你要求面见正在办公的骑士长阁下，我也从来没因私情而拒绝过哦。"

"我要见叔叔才更不需要法那提欧大人的许可吧。而且仔细想来，如果您只是想被男性骑士打个落花流水，去拜托叔叔不就好了吗？"

"哎呀，阁下就无所谓了。毕竟他是世界上最强的剑士，对其他人手下留情也是理所当然的。就连暗黑将军都享受过他的怜悯呢。"

"哦，是这样的吗？在和我练习的时候，叔叔他可总是认真到满头大汗哦？"

"……阁下！她说的是真的吗？"

"说到底还是叔叔你太惯着这个人……"

爱丽丝和法那提欧同时向一旁看去。

但是那里已经没有了骑士长的身影。

在贝尔库利几分钟前还站立着的地方，此时只剩一团枯草在风中滚动着。

定在下午6点的军议，因为负责主持会议的副骑士长法那提欧·辛赛西斯·图以及新加入的整合骑士爱丽丝·辛赛西斯·萨蒂所散发出的剑气，在一片紧张的气氛中开始了。

爱丽丝做完简单的自我介绍之后，便在放在最前排的椅子上猛然坐下。

"爱丽丝大人……"

坐在旁边的艾尔多利耶诚惶诚恐地递来一杯西拉鲁水。爱丽丝猛地抓过杯子，将那冰凉酸甜的液体一口气喝光。在长出了一口气后，她才终于让心情平静了下来。

——话说回来……

拥有神器的上位整合骑士还是太少了。而她熟悉名字和样貌的，就只有身为骑士长，持有"时穿剑"的贝尔库利，"天穿剑"法那提欧，"霜鳞鞭"艾尔多利耶，以及"炽焰弓"迪索尔巴德而已。

再加上有着"无音"这个绰号的谢塔·辛赛西斯·忒尔夫，^{Synthesis Twelve}年轻的少年骑士莱恩利·辛赛西斯·特文蒂赛门^{Synthesis Twenty-seven}似乎也持有神器，但因为都是初次见面，所以不知道他们有着什么招数。不管怎样，以上这些人再加上"金桂之剑"爱丽丝，就是仅有的上位骑士了。

剩下的九个人，包括直属于法那提欧的"四旋剑"在内，都是没有神器的下位骑士。而且其中还有着两个可怕的问题儿——让贝尔库利都应付不来的见习少女骑士丽涅尔·辛赛西斯·特文蒂艾特，以及菲洁尔·辛赛西斯·特文蒂奈恩。虽然现在两人正老实坐在角落的座位上，但还不知道能不能派她们上战场。

而人界守备军的部队长倒是有三十人左右。尽管士气看起来不低，但是一看就能看出他们和整合骑士的实力差距。如果只是比试的话，别说是爱丽丝等上位骑士了，就连那些下位骑士，都能轻松地一个人打赢和三十人的车轮战吧……

"——在这四个月里，我们讨论过了所有的战术……"

法那提欧不知何时响起的声音，将爱丽丝的意识拉了回来。

"结论就是，以现在的兵力无法抵挡敌军的总攻。如果被包围的话，我方将没有胜算。"

法那提欧用天穿剑那细长的剑鞘当做指示棒，在军议场最里面那块地图的一个点上敲击着。

"如诸位所见，在尽头山脉的这一侧，整整十千梅见方的范围里，都只有草原和石滩。如果我们被逼退到这里，接下来就必然会被五万敌军包围并歼灭。因此，我们必须在东之大门后这一段宽一百梅尔长一千梅尔的峡谷里坚守。在这里布下纵深阵型，承受敌军的突击，削减他们的兵力。这就是作战的基本方针。对此大家有什么意见吗？"

艾尔多利耶迅速举手。这个有着一头紫发的年轻人站起身来，以压抑着平时那种风趣的声音说道：

"如果敌军只有哥布林和兽人的步兵，那别说五万，就算十万都不足为惧。但是，他们也很清楚这一点。敌军中还有着装备了强力巨弓的食人魔军团，以及更加危险的暗黑术师团。如果他们在步兵后方发动远距离攻击，我方该如何应对？"

"关于这点，是场危险的赌博……"

法那提欧暂停了片刻，向爱丽丝瞥了一眼。然后她下意识地站直了身子，继续说道：

"即使是在白天，阳光也照不到峡谷的底部，地面上寸草不生。也就是说，空间神圣力很薄弱。如果我方能够在开战前就将其彻底耗尽，那么敌方也应该用不出强力的术式。"

法那提欧大胆的意见，让骑士们和部队长开始议论纷纷。

"当然，这对我方而言也是一样的。但是我们这边的神圣术师本来就只有一百人左右。如果互拼术式的话，无疑是敌方要消耗更多的神圣力。"

确实是这个道理。但是——法那提欧的战术中有两个疑点。

代替已经哑口无言的艾尔多利耶请求发言的，是弓箭手迪索尔巴德。穿着赤铜色铠甲的老资格骑士以平静的声音问道：

"原来如此，副长大人言之有理。然而，神圣术可不只是用来攻击的。如果神圣力枯竭了，不就无法恢复伤员的天命了吗？"

"所以我说这是一场赌博。我方把大圣堂的宝物库里储存的高级触媒和治疗药都搬来了这个营地。如果将使用的术式限制在治愈术，然后用药物进行辅助的话，光靠触媒应该能坚持两天……不，是三天才对。"

惊讶的声音比之前更加响亮了。说到中央大圣堂的宝物库，那可是以其足以成为童话题材的严密守卫而出名的。只听说过宝物被搬进去，而拿出来恐怕就是有史以来头一回了。

就连迪索尔巴德这样一位骑士中的豪杰，严肃的脸上都露出了惊讶之色，陷入了沉默。在迪索尔巴德低声念叨着坐下之后，爱丽丝站了起来。

"还有一个问题，法那提欧大人。"

爱丽丝暂时忘却了先前的争论，提出了第二个疑点。

"虽说缺少索鲁斯和提拉利亚的恩惠，但峡谷并非彻底的黑暗，也并没有从大地上分离。那个峡谷里，应该还存在着在漫长的岁月中积累起来的庞大神圣力。到底是什么人，才能在开战前的短时间内将那些力量全部耗尽呢？"

这次法那提欧也无法马上回答了。

贯穿山脉的峡谷，比起营地后方的那片草原确实要小了许多，但宽度依然达到了一百梅尔，长度则达到了一千梅尔。要让充斥在如此广大空间中的神圣力瞬间枯竭，需要几百个术者同时使用高位术式。但就像刚才法那提欧说的那样，守备军中并没有这么多的术者。

或者有少数人能够使用足以惊天动地的超大规模术式来将神圣力耗尽，但在爱丽丝看来，拥有这种力量的人，就只有已经死去的最高祭司阿多米尼斯多雷特和贤者卡迪纳尔了。

但是副骑士长用金褐色的眼睛凝视着爱丽丝，用力地摇了摇头。

"不，有的。只有一个人能够做到。"

"一个人？"

爱丽丝低语着，环视着守备军的众人。

但是，法那提欧随后说出来的那个名字，却完全出乎了她的预料。

"就是你，爱丽丝·辛赛西斯·萨蒂。"

"咦？"

"也许你自己并没有发现，但实际上，你的力量已经超越了整合骑士的水平。现在的你是用得出来的……那真正的、足以开天辟地的神之力。"

ト7

"那些上位整合骑士，真的有那么强？"

加百列在两头犹如恐龙的怪物拉着的大型战车——但其实上面没有炮塔也没有履带，就是跟个箱子差不多的四轮车——里颠簸着问道。

就算铺着厚厚软垫的长椅也无法消除震动，但和他当兵的时候经常乘坐的布拉德利装甲车那足以杀人的乘坐体验相比，这实在算不上什么。这样的颠簸也就只能让小茶几上放着的酒杯发出"咔嚓咔嚓"的声音而已。

自黑曜石城堡出发后已经过去了三天，这是他在现实世界里也从未经历过的长时间行军，但是却几乎感受不到疲劳。不过这也许不是因为战车的座位太过舒适，只是因为这里是虚拟世界罢了。

在加百列脚边，有一个躺在厚厚的地毯上，衣服凌乱的妙龄美女。她一边抚摸着包着绷带的右脚，一边点了点头。

"那是自然的。嗯……在持续了三百年的战争史上，找不出一个我们暗黑术师和骑士们成功杀死过整合骑士的例子——这么说的话您能理解了吗？当然，反例倒是数不胜数了。"

"唔……"

加百列闭上了嘴，而盘腿坐在宽广车厢的墙边，手里抱着蒸馏酒瓶的瓦沙克则是惊讶地喊道：

"不过啊，蒂大姐，如果那些叫整合骑士的家伙真那么强，他们为什么没有反攻呢？"

暗黑术师长蒂·爱·艾鲁对瓦沙克露出了更加妩媚的笑容，竖起了食指。

"这是个好问题，瓦沙克大人。虽然他们确实是以一当千的强者，但说到底那也只是一个人的力量。如果在宽阔的空间里被数万军队围攻，那就算每次都是只受轻伤，积累起来也足以耗尽天命吧？因此他们都很卑鄙地决不离开不会遭到包围的尽头山脉。"

"哦，原来如此。就是那啥，就算是再怎么硬的怪^{mob}，只要在安全的地方一点点地用持续性伤害^{DoT}扣血，总是能消灭……"

"呃？磨布？"

因为这个让身为人工摇光的蒂听不懂的比喻，加百列瞪了瓦沙克一眼，然后轻轻干咳了一声说：

"总之，关键就在于把整合骑士引到足够宽广的战场，然后就可以将其包围歼灭，是吧？"

"道理上是这样没错。就是哥布林和兽人的牺牲应该会轻易破万。"

蒂轻笑了一声，从地上的银杯中拿起一个颜色鲜红的果实，然后用同样鲜红的嘴唇舔着含进嘴里。

不消说，加百列根本不会在意步兵单位的损耗。甚至可以说，如果牺牲包含眼前这个蒂在内的全部暗黑帝国军队，能换来一个消灭敌军的结果，他也不会有任何怨言。从某种意义上来说，这场战斗和Glowgen Defense Systems的战术研究所平时都在进行的战术模拟没有任何区别。

越过尸山血海，成为新的人界统治者，然后对整个国土发出第一个也是最后一个命令——寻找名叫爱丽丝的少女，然后将她带来。这样，他在这个奇妙世界的任务便完成了。

一想到这里，就觉得连这些味道特殊的红酒都让人恋恋不舍了。

加百列拿起酒杯，将深紫色的液体一口饮尽。

此刻，身为灵魂猎人的加百列·米勒下意识地把脑海里浮现的"爱丽丝"的样子，与和她有着相似名字的第一个牺牲者艾丽格曼·克林娅那纯洁、稚气，以及娇小的外表重合起来。他一心以为，那是一个住在和自己的故乡宝马山花园相似的城镇，温柔、美丽——而又无力的少女。

因此，加百列完全没有发现某个可能性。

他完全没有想到，他所追求的"爱丽丝"，会成为整合骑士率领敌军。

跟在飘扬着皇帝旗帜的指挥车后方的那漫长队列，缓慢地，但是却一步一个脚印地向西方的边境行军。而在那片血色天空的远方，顶端如锯齿一般的连绵山脉开始逐渐现身。

在行军开始后的第四天，11月7日。

暗黑帝国军的大部队，终于来到了山脚下，那道即将崩溃的大门已经近在眼前。而在广阔平地的四周，排列着无数由先遣部队准备的黑色帐篷。

轰隆。

轰隆。

这震撼大地的重低音，是巨人族敲响的战鼓。

加百列坐在最后方的指挥车顶部，默默地看着原本排成一列的大部队，犹如被巨大的心脏挤出的无数血球一般散开。

先锋的第一军团由哥布林的轻装步兵大队和兽人的重装步兵大队组成，共有一万五千人。他们排成的纵队宽度，刚好能够通过那条横穿尽头山脉的峡谷。队列的各处都配置了犹如攻城塔一般的巨人族，数量虽然不到五百，但是却能很好地充当援护步兵部队的主战坦克。

跟在亚人种后方的，是由五千人的拳斗士团，以及同样有五千人的暗黑骑士团组成的第二军团。成为新一代暗黑将军的年轻骑士原本希望打头阵以洗刷上一代团长留下的污名，但是却被加百列拒绝了。在他看来，骑士单位的整体士气必然不高，必须排除这个不确定因素。

第三军团由七千名食人魔弓手，以及全是女性的三千名暗黑术师组成。他们的任务就是跟在步兵的后方冲入峡谷，以远程攻击歼灭敌军。据术师总长蒂的说法，就算距离很远，但只要能看到作为敌人主力的远程骑士，就可以集中火力将其打倒。

老实说，加百列其实很想和那些号称无敌的骑士们直接战斗，并吞噬他们的灵魂。但如果出现了什么闪失，毁了这个高级账号的话就得不偿失了，而且以后可以随便生产Under World人，也就是人工摇光。所以现在应该以找到"爱丽丝"并脱离Ocean Turtle为优先。

从登录那时算起，内部时间已经过了八天，而现实世界中则是已经过了将近十五分钟。要完全统治人界，并向全世界传达搜索爱丽丝的命令，大概还要花上十天。这样看来，必须让这场战争尽快结束——最好能在一天之内完成。

"唉……结果我没得出场啊？"

瓦沙克在加百列旁边抱着不知道第几瓶的威士忌嘟哝着。加百列看了他一眼，用有些尖锐的口气说道：

"我可看到了。你在那个叫夏斯塔的将军变身成龙卷的时候，丢下我一个人先跑了吧。"

"好啦好啦，不愧是队长，居然被你看到了。"

瓦沙克没有半点愧意地笑了起来。

"你看，我以前就是专门PvP的嘛。那种没有实体的怪物我对付不来啊。"

瓦沙克说着不知道有几分是真的借口。加百利看了一会儿他的脸，简单地问道：

"瓦沙克，你为何要参与这次作战？"

"作战指的是潜入Under World？那当然是因为好玩啦……"

"不，是在那之前，Ocean Turtle袭击作战。你虽然是Glowgen DS的员工，但也只是专门负责网络作战的吧。参加这种搞不好会被实弹击中的作战是出于什么动机？看你的年纪，也不像是汉斯和布里格那种从中东归来的战狗^{War Dog}。"

加百列难得一次说这么多的话。当然了，这并不是因为他对瓦沙克·卡萨尔斯这个人很有兴趣，只是突然想要知道这个年轻人那轻薄的态度下隐藏着什么而已。

瓦沙克耸了耸肩，丢出了两个字："一样。"

"答案应该还是因为好玩吧。"

"哦……"

"而且真要说的话，像你这种名牌大学出身的精英还做现场工作，才更加莫名其妙吧。就算你有军队经验也一样。"

"我可是现场主义者。"

加百列一边回答，一边在内心低语着。

瓦沙克，对你来说，"好玩"意味着什么呢？是能开枪？还是……杀人？

就在他思考着是继续问下去，还是就此结束对话的时候，指挥车后方架着的梯上传来了高跟鞋的脚步声。暗黑术师公会总长蒂·爱·艾鲁出现在两人面前。

她恭敬地行了一礼，舔了一下嘴唇之后报告：

"陛下，全军都已布置结束。"

"嗯。"

加百列解开交叠的双脚，从临时的宝座上站起，环视了一下眼前的景象。

前方列阵的主力部队兵力共有三万五千，然后还有主要由哥布林和兽人组成的一万预备队，商业公会为数五千人的辎重部队则在指挥车左右待命。

这总数达到五万的军队，是加百列的全部兵力。所以，如果把单位全部耗光却还没能突破敌军的防守，那么计划就完全无法执行了。这样要抓到爱丽丝的可能性就会小到微乎其微。

不过根据负责侦查的龙骑士所说，敌军最多只有三千人左右。也就是说，只要能够照计划消灭整合骑士，就不可能失败。

"很好。距离大门崩塌还有多久？"

蒂低着头回答了加百列的问题。

"大概还有八小时。"

"那么，在大门崩塌前的一个小时，让第一军团进入峡谷。在大门前尽量散开，在崩溃的同时一起发动突击。等到战线推进之后，就把第二军团和第三军团也投入，一口气歼灭敌人。"

"是。不用等到明天，您就能看到敌将的首级了。不过，到时候可能已经烧成焦炭了。"

蒂轻笑着向在背后等候的传令术师迅速下达了指令，然后行了一个大礼，走下了楼梯。

加百列从指挥车的顶部，看向屹立在对面的巨大石门。

尽管距离超过两英里，却还是能感觉到那种仿佛在往头顶压下的重量感。那道门整体崩塌的场面，想必会非常壮观。

但是，真正的宴会到那时才刚刚开始。那几千个一触即碎的灵魂，一定会放出美丽无比的光芒。那些在Ocean Turtle的主轴上方据守的RATH技术人员，是否会为无法从内部观赏自己安排的最大规模奇观而感到后悔呢？

轰隆。轰隆。

轰，咚。轰，咚。

节奏加快的战鼓声，让数万军队释放出的饥渴与凶猛变得更加浓烈。

18

"那么……我就把桐人交给你们了。"

爱丽丝依次注视着两个少女说道。

初等练士……哦不对,已经成为成熟剑士的蒂洁·修特利尼,与罗妮耶·亚拉贝尔一起猛地站直身子,点头回答:

"是,请放心交给我们吧,爱丽丝大人。"

"我们一定会保护好桐人学长。"

说完之后,蒂洁伸出左手,罗妮耶伸出右手,紧紧地握住了新的轮椅的把手。

这张闪耀着银灰色的光泽,造型小巧的轮椅,是爱丽丝从物资帐篷里找来剩余的全身铠,用术式改变形状后做成的。它比卢利特村的那个木制轮椅要轻,而且还更牢固。

不过,坐在上面的桐人紧紧抱在怀里的那两把剑的重量就没有办法解决了。老实说,爱丽丝很担心两个少女能否推动,但两人却很有默契地一起使着力气,将轮椅推到了爱丽丝的面前。

这样的话,就算接到马上撤退的命令,也不会耽误了。不过,当要从峡谷撤退的那时候开始,就注定了守备军要被全部包围后歼灭的命运。

老实说,爱丽丝其实想在战况出现一点危险的时候,就带着桐人逃往西方。但那也不过是将命运推迟了几个月——不,也许只有几周。

如果守备军败下阵来,在尽头山脉守备的四个骑士也会撤退，安排各地城镇和村庄的居民逃难，然后将央都圣托利亚的城墙当做最后一道防线。但是这样的抵抗也是徒劳的。侵略军很快就会踏破城墙，将那美丽的都城和用白色大理石建造的中央大圣堂烧成灰烬。在尽头山脉这道封闭的墙壁内部，根本无处可逃……

爱丽丝弯下膝盖，在同样的高度注视着桐人的眼睛。

在到达营地后的这五天里，她一有机会就和桐人说话，握着他的手，甚至将他抱在怀中。但是直到今天，也未能引起他的任何反应。

"桐人……也许，这是最后的告别了。"

爱丽丝勉强保持着微笑，向黑发的年轻人低语着。

"叔叔说，他觉得你会决定这场战斗的走向。我也这么认为。因为，这支守备军，相当于是你建立起来的。"

没有桐人和尤吉欧的话，现在会出现在东之大门的就会是最高祭司阿多米尼斯多雷特和整合骑士团，然后还有那可怕的剑魔像军团了吧。

如果那有着超强战斗力的剑魔像有个两三千只，五万暗黑帝国军根本不值一提。但是，那和人界灭亡没有什么两样。因为魔像的材料，是几万个人界居民。桐人他们以一条生命和一颗心的牺牲，阻止了这场悲剧。

但是，如果贝尔库利率领的人界守备军溃败，人们还是会面临另一种形式的巨大悲剧。

"我也会努力的。你所给予的天命，我会将其燃烧殆尽。所以……如果我倒下了，用最后的力气呼唤你的话，你一定要站起来，拔出这把剑啊。只要你能醒来，不管敌人有几千还是几万都无所谓。你要再次引发奇迹，保护人界……保护在人界里的所有人。因为，你是……"

——打倒了那个最高祭司的最强剑士啊。

爱丽丝在内心深处低语着，伸出双手，紧紧地抱住了桐人那瘦削的身体。

在经过了一瞬间，又或者是经过了几分钟后，爱丽丝放开手站了起来，却发现罗妮耶那双蓝色的眼睛正带着复杂的光芒看向这边。她一时摸不着头脑，但很快就恍然大悟。

"罗妮耶小姐。你……喜欢桐人吧？"

爱丽丝微笑着说道。娇小的少女捂住嘴，脸颊、耳朵都迅速变得一片通红。她垂下眼睑，用微不可闻的声音回答：

"不、不是，这……我怎么敢……我只是一个侍从初等练士啊……"

"没有什么敢不敢的。罗妮耶小姐你可是爵士家的继承人，我则是出生在边境的小村庄，桐人更是不知道从哪儿来的。"

罗妮耶突然猛地摇头，打断了爱丽丝的话。

"不是的！我……我是……"

蒂洁伸出右手，扶住了双眼中浮现出大滴眼泪，说不出话来的罗妮耶。她那双红色的眼睛里也泛起了泪光，用颤抖的声音说道：

"爱丽丝大人……您知道，桐人学长和尤吉欧学长犯的是什么禁忌吗？"

"嗯……我知道。听说是在学院里发生了争执……然后杀死了其他的学生。"

爱丽丝还记得半年前，那个什么都不知道，为公理教会充当打手的自己在接到元老院发出的逮捕命令时还大大地吃了一惊。央都的学院里竟然会有学生杀害学生的事情发生，如此重大的违反禁忌，在教会的史书上都找不到一例。

爱丽丝点头之后，蒂洁再次问道：

"那么……您知道学长们为何会犯下这样的禁忌吗？"

"不……这个我就不知道了……"

在爱丽丝摇头的时候，一声呐喊在她耳边重新响起。

那是在和桐人一起掉到大圣堂外墙上的时候，桐人对表示自己不需要罪人帮助的爱丽丝喊的那句话——

"虽然禁忌目录里没有禁止，但像罗妮耶和蒂洁这样没有任何罪孽的女孩子被上级贵族肆意玩弄，这种事情能够允许吗……你是否也是这么认为的！"

对了。我是在那个时候听到了这两人的名字。

桐人提到的上级贵族，就是他所杀的那个学生吧。然后，"玩弄"指的是——

在瞪大了双眼的爱丽丝面前，蒂洁用颤抖的声音开始讲述。

"莱欧斯·安提诺斯上级修剑士，和温贝尔·吉泽克上级修剑士，一直对我们的朋友芙蕾妮卡·杰斯奇初等练士提出各种屈辱的命令。我们便去向两名修剑士抗议，当时因为过于愤怒，使用了一些会被归类为失礼行为的言辞。所以，根据帝国基本法，他们能够对我们行使贵族裁决权……"

想必是接下来的事情光是回忆就让她感到痛苦了吧，蒂洁的声音哽咽了，罗妮耶则是低着头哭出了声。

爱丽丝本想让她不用再说下去了，但是还没等她开口，红发少女就再次坚强地讲了下去。

"在我们即将受到难以忍受的惩罚时，桐人学长和尤吉欧学长为了拯救我们而举起了剑。如果我们再聪明一点的话，就不会发生那种事了。学长们就不会为了纠正法律而和教会战斗，还因此丧命了。我们……犯下了无可挽回的罪孽。所以……就算撕了我们的嘴，我们也说不出喜欢学长这样的话来……"

蒂洁在将郁结了许久的心声全部吐露出来之后，眼泪终于掉了下来。两个少女紧紧抱在一起，因为这份对她们的年龄来说太过沉重的悔恨，发出低声的哭泣。

爱丽丝紧紧地咬着牙关，抬头看着采光的窗口。

她对于在四帝国的上级贵族中蔓延开来的糜烂，也是有所了解的。那便是暴食，贪婪以及淫欲。

但是，当初那个整合骑士爱丽丝认为，继续了解下去会让自己也被玷污，所以对贵族的所作所为视而不见。不管他们做了什么，只要不触犯禁忌，那就和自己没有关系——毕竟自己是从神界召唤而来的法律守护者。当时的她对此深信不疑。

但是，这样的视而不见才是罪恶。虽然没有触犯禁忌目录，但这确实就是桐人所憎恨的那种沉重的罪孽。和无所作为的自己相比，眼前的这两个少女要勇敢得多了。

爱丽丝深深吸了一口气，坚定地说道：

"不，并非如此。你们没有罪。"

罗妮耶猛然抬起头来。之前让人感觉总是躲在蒂洁背后的这个少女，此时却从双眼中射出强烈的光芒，大喊道：

"爱丽丝大人……身为高贵整合骑士的爱丽丝大人是不会明白的！我们的身体被那两个男人玩弄，自尊也被罪孽玷污了！"

"身体不过是心的容器。"

爱丽丝如此回答，握起右拳用力锤在胸口中央。

"只有心……也就是灵魂，才是唯一真实存在的东西。而能决定灵魂是怎样的，只有我们自己。"

爱丽丝闭上眼睛，将意识集中在自己体内。

在大约两周前，卢利特村遭到袭击时，爱丽丝用心的力量——也就是心意力恢复了失去的右眼。她已经体会到，只要强烈地一心去想，就能不依靠式让肉体产生变化。

但是，现在光是这样还不够。不只是肉体，就连身上穿的衣服，也要用心意之力来使其产生变化。

应该能做到的。以前桐人已经向自己展示过了。手持双剑直面最高祭司阿多米尼斯多雷特的他，身上就穿着一件和之前完全不同，充满异国风情的黑色皮革外套。

能够回归的。回归到那个未曾在陌生的白色巨塔中醒来，为了消除失去了记忆的不安与寂寞，而一直用厚厚的冰封闭自己的那个爱丽丝。

——我也和你们一样啊，罗妮耶，蒂洁。我生而为人，犯下许多错误，背负了巨大的罪孽，才造就了现在的我。你们说桐人和尤吉欧之所以会杀人都是你们的错……但是在那之前，如果幼年的我没有忘记禁忌，接触了暗黑帝国的大地，那么尤吉欧他们就根本不会前往央都了。

——是的，这就是我的罪孽。就算已经失去了记忆，爱丽丝·滋贝鲁库也不是陌生人，而是过去的我。在卢利特生活的日子让我明白了这一点。

即使闭上了眼睛，爱丽丝也能感受到温暖的白光包裹着自己的身体。

她缓缓睁开了眼。

因为低着头，所以她最先看到的是自己穿着的裙子。但是那不再是代表着公理教会的纯白，而是染上了犹如秋日天空的湛蓝。

裙子外面套着一件朴素的围裙。金色的铠甲与护手已经消失了。她伸手向头上摸去，手指碰到了一条很宽的丝带。头发似乎也短了一些。

她抬起头，与目瞪口呆的罗妮耶和蒂洁对视。

"看到了吧？身体和外观，不过是心的附属品罢了。"

当然，这种变身是暂时的。当精神不再集中的瞬间，就会恢复原本的骑士打扮吧。但是，她应该已经将桐人和尤吉欧的想法，传达给了这两个少女才对。

"人的心不会被任何人玷污。在边境的村庄出生的我，本应是长成这副模样才对。但是在我十一岁的时候，我成了罪人，被带到了央都，之后被人用术式消除了记忆，变成了整合骑士。以前，我曾经诅咒过这样的命运……"

爱丽丝讲述的，是只有她和骑士长贝尔库利才知道的重大秘密。但是她相信这两人一定能够接受，便继续说了下去。

"但是……桐人告诉我，就算是这样的我，也有能做到的事，以及必须去做的事。所以，我已经不再迷茫了。我接受了现在的我，决定向前迈进。"

爱丽丝举起双手，将罗妮耶和蒂洁的手同时紧紧地握住。

"你们也一定拥有的。拥有那条只属于你们的，宽广，漫长，却又笔直的道路。"

紧握的手上落下了几滴水珠。

少女们的脸颊上流过的泪水，闪耀着和之前完全不同的美丽彩虹色光芒。

爱丽丝最后又拥抱了一次坐在轮椅上的桐人，将他托付给罗妮耶和蒂洁之后，走出了帐篷。

等候在帐篷外的艾尔多利耶迅速跑来，夸张地称赞着她。

"啊，真是太美妙了……这仿佛凝聚了索鲁斯光芒的身姿……这才是我的老师爱丽丝大人……"

"反正战斗了一小时后就到处是泥了。"

爱丽丝冷淡地敷衍着，瞥了一眼自己的身体。

之前的变身现象早已消失，金色的胸甲与纯白的裙子耀眼地反射着阳光。她一边琢磨着如果能活着回来的话要在哪里加块天蓝色的布，一边看向西面的天空。

索鲁斯已经开始倾斜，估计再过三个小时就会消失在地平线下。而在那时，东之大门的天命也会耗尽。三百年的封印终将解开。

所有人都已经尽了自己的最大努力。

这五天里，爱丽丝也参加了守备军的训练，发现士兵们的技术在这半年里提高了许多。令她惊讶的是，所有的士兵都学习了传统流派中所没有的连续剑技。

听说是副骑士长法那提欧将自己多年来磨炼得出的剑技毫无保留地传授给了大家。虽然最多只有三连击，但是对于靠本能和蛮力挥舞武器的哥布林和兽人来说，这已经是极为强大的武器了。

当然，如果遇到那种有着独特连续技的暗黑骑士，士兵们

的负担会变得很重。敌军里还有着据说会高速连击的拳斗士，到时候只能让整合骑士出手了。

关键在于能否抵挡住在开战之后会马上推进的亚人种大部队。然后就是以最小的损失，顶住食人魔的巨弓与暗黑术师的远距离攻击。

作战的成败，此时都系于爱丽丝一人身上——

爱丽丝将视线放下，看到后方的补给部队飘起了几丝正在煮最后一顿饭的炊烟。而罗妮耶和蒂洁也应该很快就会带着桐人回到那里了。

无论如何都要保护好这三人。

"爱丽丝大人，差不多该……"

爱丽丝对艾尔多利耶的话点了点头，准备转过身去。

可是此时她又停下了动作，注视着自己唯一的弟子。

"有、有什么事吗？"

爱丽丝看着似乎因为有些迷惑而眨着眼睛的青年骑士，紧紧抿着的嘴唇微微放松了下来。

"一直以来，都多亏了你的效劳啊，艾尔多利耶。"

"呃……怎、怎么了？"

爱丽丝轻轻地把右手放到愕然呆立的骑士的左手上，继续说道：

"你能陪在我身边，对我而言也是一种救赎。之所以没有选择迪索尔巴德大人那样的老资格男骑士，而是让我这个没有多少成绩的人来指导你……其实是为了照顾我的感受吧？"

"怎……怎敢，在下绝没有如此无礼的想法！我只是衷心佩服爱丽丝大人的出色剑技……"

看着眼前正在猛然摇头否定的艾尔多利耶，爱丽丝紧紧握住他的手，然后又迅速放开，再次露出了微笑。

"正因为有你的支持，我才能在这条险峻的道路上一直走到今天。谢谢你，艾尔多利耶。"

哑口无言的年轻骑士眼中，突然涌现出了大颗的泪珠。

"爱丽丝大人……为什么……您要说……'走到今天'这种话呢……"

他用嘶哑的声音这样问道。

"为什么说得好像爱丽丝大人的道路将在这里终结一样呢。我……我还有许多事情想向您请教呢。不管是剑技，还是术式，我都不及您的分毫。在今后，也还需要您一直锻炼我，引导我才行啊……"

就在他颤颤巍巍地伸出右手，即将触碰到爱丽丝的时候——

她语气一变，严肃地大喊道：

"整合骑士艾尔多利耶·辛赛西斯·萨蒂万！"

"呃……在！"

骑士的手猛然停住，原地立正。

"我以老师的身份，给你下达最后一个命令。活下去。活下去见证和平的到来，然后去找回来。找回你真正的人生，与你所爱之人。"

在大圣堂的最顶层，迄今还封印着除爱丽丝之外的所有整合骑士的"记忆碎片"，以及被变形为剑的"所爱之人"。一定有什么办法，能让它们都回归到应在的地方，应有的形态。

对站立在原地，无声地落下眼泪的艾尔多利耶点了一下头后，爱丽丝猛然转身。金色的长发与纯白的裙子在秋天的寒风中划过。

在她的正前方，是那渐趋昏暗的大峡谷，以及东之大门。

从现在开始，爱丽丝将要咏唱一个前所未见的超大规模神圣术。它将把峡谷里充斥的空间神圣力全部凝聚起来，对敌军加以痛击。

只要念错了一句术式——不，只要意识有一丝紊乱，集中起来的神圣力就会爆发出来，将爱丽丝整个人都消灭得不留一丝痕迹。

但是，她却没有感觉到恐惧。在这五天里，她作为一名整合骑士，与贝尔库利、法那提欧以及艾尔多利耶度过了充实的时光。还曾作为卢利特的爱丽丝，与妹妹赛鲁卡在一起生活了半年。

更重要的是，她遇到了尤吉欧，还有桐人。在与他们以剑相交，以心相通的过程中，她知晓了人的感情——哀伤，愤怒，甚至是爱。

自己还能奢求什么呢？

伴随着铠甲的碰撞声，爱丽丝一步步地向等待着开战的守备军的中央走去。

（待续）

▶后记

大家好，我是川原砾。我此时是以非常焦急的心情写下这段文字的。因为我完全忘记了后记的存在，等发现的时候已经过去好多天了！

嗯，本人在此再次感谢大家阅读《刀剑神域15 Alicization Invading》。

在前一本的"Uniting篇"里已经打倒了教会的大BOSS——最高祭司阿多米尼斯多雷特，结果最后还是个"待续"。大家可能会好奇接下来还能怎么写，然后结果就像现在这样……故事跳出了人界的藩篱，将舞台移动到了广阔的暗黑帝国。而在现实世界里，亚丝娜等人所在的Ocean Turtle遭到了袭击，菊冈则是脱了浴衣换上了夏威夷衬衫，可以说是充满了火药味的发展……

总之，在下一集里，终于要开始人界守备军和暗黑帝国军的战争了。从第九集开始的Alicization篇也终于要进入高潮，还请大家暂时不要走开！

说到近况，最近我和负责插画的abec老师一起以嘉宾的身份参加了美国最大的动漫博览会"Anime Expo"。我是第一次去洛杉矶（其实也只是第二次去美国），发现城市和活动会场都好大啊！然后会场里云集的美国动漫粉丝也好热情！

现场也来了好多SAO的粉丝，让我相当感激。然后也重新认识到，多亏了从网络时代到电击文库，然后到动画化和游戏化这十年里一直支持SAO的各位，才让SAO这部作品能够顺利成长。

在这本书出版的时候，TV动画的第二季应该开始播放了吧。和第一季不同的是，第二季是以"枪的世界"为舞台，包括导演在内的制作人员与声优们都会全力表现出枪战作品的帅气，以及依然不变的SAO风格，希望大家也能多多支持动画！

感觉截稿时间将近，所以简短地感谢一下吧！将在这一集里登场的许多新角色画得极有魅力的abec老师，和我一起去洛杉矶的责编三木先生，在我们出外的时候留守日本的副责编土屋先生，以及看完这篇后记的读者们，谢谢你们！

2014年7月某日　　川原砾

图书在版编目（CIP）数据

刀剑神域. 15 / (日) 川原砾著 ; (日) abec绘 ; 幽远译. — 杭州 : 浙江人民美术出版社, 2015.4 (2020.1重印)
ISBN 978-7-5340-4282-9

Ⅰ. ①刀… Ⅱ. ①川… ②a… ③幽… Ⅲ. ①长篇小说－日本－现代 Ⅳ. ①I313.45

中国版本图书馆CIP数据核字(2015)第047537号

作　　者：〔日〕川原砾
翻　　译：幽远
责任编辑：褚潮歌
特约编辑：徐嘉悦
责任校对：张金辉
责任印制：陈柏荣

原著名：《ソードアート・オンライン15 アリシゼーション・インベーディング》，著者：川原礫,绘者：abec,日版设计：BEE-PEE
© REKI KAWAHARA 2014
First published in 2014 by KADOKAWA CORPORATION,Tokyo.
Chinese translation rights arranged with KADOKAWA CORPORATION,Tokyo.
Translation copyright © 2015 by Guangzhou Tianwen Kadokawa Animation & Comics Co.,Ltd.
本书中文简体字翻译版由广州天闻角川动漫有限公司策划并由浙江人民美术出版社出版。未经出版者预先书面许可，不得以任何方式复制或抄袭本书的任何部分。
浙江省版权局著作权合同登记号：11-2014-263

本书为引进版图书，为最大限度保留原作特色、尊重原作者写作习惯，故本书的情保留了部分外来词汇。特此说明。

刀剑神域15 Alicization Invading

出版发行： 浙江人民美术出版社
地　址： 杭州市体育场路347号
网　址： http://mss.zjcb.com
经　销： 全国各地新华书店
制　版： 凸版艺彩（东莞）印刷有限公司
印　刷： 凸版艺彩（东莞）印刷有限公司
版　次： 2015年4月第1版・第1次印刷
　　　　　 2020年1月第1版・第18次印刷
开　本： 787mm×1092mm 1/32
印　张： 8.125
字　数： 175千字
书　号： ISBN 978-7-5340-4282-9
定　价： 34.00元